언니
마리

ANE, YONEHARA MARI Omoide wa shokuyoku to tomoni
by INOUE Yuri
© INOUE Yuri 2016
All rights reserved.
Original Japanese edition published by Bungeishunju Ltd., in 2016.
Korean translation rights in Korea reserved by Maumsanchaek,
under the license granted by INOUE Yuri,
Japan arranged with Bungeishunju Ltd., Japan through BC Agency, Korea.

■ 이 도서의 국립중앙도서관 출판예정도서목록(CIP)은
서지정보유통지원시스템 홈페이지(http://seoji.nl.go.kr)와
국가자료공동목록시스템(http://www.nl.go.kr/kolisnet)에서 이용하실 수 있습니다.
(CIP제어번호: CIP2017000391)

언니 마리

이노우에 유리

이현진 옮김

마음산책

언
니
마
리

1판 1쇄 인쇄 2017년 1월 10일
1판 1쇄 발행 2017년 1월 15일

지은이 | 이노우에 유리
옮긴이 | 이현진
펴낸이 | 정은숙
펴낸곳 | 마음산책

편집 | 이승학 · 최해경 · 김예지   디자인 | 이혜진 · 이수연
마케팅 | 권혁준 · 김종민   경영지원 | 박지혜

등록 | 2000년 7월 28일(제13-653호)
주소 | (우 04043) 서울시 마포구 잔다리로 3안길 20
전화 | 대표 362-1452 편집 362-1451   팩스 | 362-1455
홈페이지 | http://www.maumsan.com
블로그 | maumsanchaek.blog.me
트위터 | http://twitter.com/maumsanchaek
페이스북 | http://www.facebook.com/maumsanchaek
전자우편 | maum@maumsan.com

ISBN 978-89-6090-300-5 03830

* 책값은 뒤표지에 있습니다.

역시 긴 인생,
내가 좋아하는 걸 해야 해.

차례

■ 일러두기

1. 이 책은 이노우에 유리가 쓴 『姉·米原万里』(분게이슌주, 2016)를 번역한 것이다.
2. 옮긴이 주는 글줄 상단에 맞추어 표기하였다.
3. 국내에 소개된 작품명은 번역된 제목을 따랐고, 국내에 소개되지 않은 작품명은 우리
   말로 옮겼다.
4. 외국 인명, 지명, 작품명 및 독음은 외래어 표기법을 따르되 관용적인 표기와 동떨어
   진 경우 절충해서 실용적 표기에 따랐다.
5. 잡지와 신문, 음악, 그림, 공연, 영화, 방송 프로그램 제목은 〈 〉로, 논문이나 기사, 시
   와 단편 제목은 「 」로, 단행본과 장편 제목은 『 』로 묶었다.

달
걀
이

좋
아

언니 요네하라 마리는 1950년 4월 도쿄에서 태어났다. 부모님은 당시 메구로目黑에 있는 S댁 2층 단칸방에 세 들어 언니가 네 살이 될 때까지 살았다. 마리보다 나이가 조금 위인 S댁 남매는 언니랑 잘 놀아주었다. 어느 날 마리는 제 목에 밧줄을 묶어 이 남매에게 양쪽에서 당기라 하고는 즐거운 듯 깔깔댔단다. 어른들은 깜짝 놀라 허둥지둥 밧줄을 풀었다. 마리는 이 사건을 『발명 마니아』마음산책, 2010에 그림을 그려가며 설명했다.

1950년대 도쿄는 하수도가 거의 보급되지 않아 어느 집 화장실이든(당시는 변소라 했지만) 재래식이었다. 마리는 그 S댁 화장실에 세 번이나 빠졌다. 세 번 모두 수거차가 막 다녀간 뒤라 다행히 별일은 없었지만 그때마다 어머니와 S댁 아주머니는 오물

구덩이에서 마리를 끌어올려 몸을 씻기고 옷을 갈아입힌 뒤, 빨아도 빨아도 구린내 나는 빨래를 반복해야 했다.

주인댁 아주머니는 다카미네 미에코^{지적이고 기품 있는 배우로 유명}를 닮은 미모에 상냥하고 요리도 잘했다. 이 집에서 전철로 세 정거장 떨어진 에바라마치 역 마고메로 이사를 간 뒤에도 우리는 S댁에 자주 드나들었다. 같이 놀아주는 언니 오빠가 있어 좋은 것도 있지만 아주머니가 해주는 요리는 어디가 어떻게라고 말할 수는 없지만 그저 흔한 반찬이라도 맛있었고 그 집에 있기만 해도 기분이 좋아졌기 때문이다. 초등학교에 들어간 마리는 제 차비 달랑 5엔으로 나와 동네 꼬맹이들을 줄줄이 전차에 태워 S댁까지 쫄래쫄래 찾아간 적도 있다. S댁은 마리가 늘 말하는 '우리의 고향'이었다.

에바라마치에 집을 짓게 되자 어머니는 큰맘 먹고 화장실을 수세식으로 주문했다. 하수도가 보급되기 전이라 거대한 정화조를 지어야 했기에 당시로선 큰 사치였지만 자식 목숨과 바꿀 수는 없었으리라.

어머니는 어린 시절 언니에 대해 언제나 "마리는 한번 놀이에 빠지면 아무리 큰 소리로 이름을 불러도 전혀 알아차리지 못하지"라고 말했다. 그때 화장실에서도 언니는 상상의 세계에 빠져 있었을까. 이 변소가 대체 어떻게 생겼나 갑자기 의문이 생긴 걸까. 그러곤 들여다보다가 빨려 들어가는 느낌에 사로잡혀 퐁당 빠져버린 걸까? 아무리 그래도 세 번은 너무했다. 단 한 번이라도 끔찍할 텐데.

당시 마리보다 세 살이나 어린 내가 이런 일을 기억할 리 없지만 방금 보고 온 듯이 알고 있다는 것은 주위 어른들이 자주 화제로 삼았기 때문인데, 말하자면 요네하라 가문의 전설 같은 것이다.

언니에 대한 내 첫 기억은 간호사처럼 머리에 흰 손수건을 두르고 걱정스러운 얼굴로 나를 지켜보는 모습이다. 열이 나서 누워 있는 어린 여동생 간병을 간호사 모습으로 하고 있었나 보다. 어린 시절 언니는 이렇게 무엇인가에 자주 몰입되었던 것 같다. 언니가 2학년 무렵, 부모님이 데려간 볼쇼이 발레단 공연을 본 뒤로는 발레에 홀려 발레리나라도 된 듯 온 집 안을 춤추며 돌아다녔다. 얼마나 열심이었던지 마츠야마 발레단에 부탁해 언니는 어린이 교실에 다닐 정도였다. 학교 학예회 때도 춤추겠다고 우겨서 결국 사십 분 동안 혼자서 춤을 췄다. 선생님께서 "다음엔 십오 분만 추자꾸나"라고 하셨단다. 혼자 춤을 춰댄 언니도 언니지만 선생님이나 학교 측도 대단하다. 겉만 '평등'이니 '배려'로 아이나 교사를 옥죄는 요즘 같아선 상상할 수도 없을 만큼 너그러웠던 것 같다.

에바라마치 역 근처 마고메로 집 지어 이사를 가자, 마리는 새집의 벽이란 벽에 온통 그림을 그려댔다. 집에 오는 사람마다 깜짝 놀라면 어머니는 "이렇게 넓고 흰 벽에 그림 그리고 싶은 마음이 안 든다면 그 아이가 이상하죠"라며 개의치 않았다고.

곧이어 들어간 기독교계 유치원에서 마리가 선생님 말씀을 듣지 않아 부모님이 불려왔을 때도, 아이 다룰 줄 모르는 이런 유치원에 우리 아일 맡길 순 없다며 언니를 데리고 나왔단다.

언니는 그런 어머니의 육아법을 '관념 선행형先行型'이라 평했지만 단지 그 때문만은 아닌 것 같다. 언니의 기행에 애를 먹었음에도 어머니는 그런 언니의 개성을 살려주고 싶은 마음이 큰 듯했다. 『창가의 토토』라는 책이 나왔을 때 어머니는 단숨에 읽곤 토토, 곧 구로야나기 테츠코 씨도 상당히 이상한 아이였나 보지만 마리가 더 이상한 아이 같다고 했다.

토토는 말을 많이 하는 아이다. 교장 선생님과 처음 만나는 자리에서도 네 시간이나 얘기를 하고 집에서도 그날 있었던 일을 엄마 아빠에게 몽땅 다 말해야 직성이 풀린다. 마리는 말을 많이 하기보다는 한참을 생각한 뒤에 희한한 행동이며 놀이를 하는 아이다. 확실히 타입이 조금 다르다. 그러나 토토짱이 그림을 그리다가 종이가 모자라면 그대로 책상 위에 그리는 모습은 흰 벽에 그려대는 마리와 비슷하다. 병아리를 키우게 된 일화며 춤에 몰두하는 것이나 뭘 찾아야 할 때면 재래식 변소라도 헤집는 등, 책 속의 토토와 어린 시절 마리가 겹쳐 보여서 새삼 언니가 그리워진다.

어머니는 딸의 그런 개성이 많이 자랑스러웠나 보다. 여자였기에 고생만 하다가 일찍 돌아가신 외할머니며, 가고 싶은 길로 나아가지 못한 당신과 당시 친구 분들의 청춘을 돌아보며, (태평양)전쟁 후 맞이한 남녀평등 시대에 자식을 틀에 맞춰 키우지 않겠다고 결심한 게 아닐까. 그리고 더 윗세대인 테츠코 씨토토 부모님은 훨씬 더 오래 전부터 그리 생각한 것일까.

음식에 관한 이야기를 엮은 마리의 책 『미식견문록』^{마음산책,} ²⁰⁰⁹이 있다. 첫 글은 달걀에 관한 것이다.

아버지가 삶은 달걀 껍질을 까주신다. 내가 하나를 먹으면 또 하나를 까주신다. 아, 얼마나 행복한지. 그 달걀도 홀랑 입속으로 넣는다.

"마리는 어째서 이렇게 달걀을 좋아하지?"

어이없어하시면서도 아버지는 달걀을 또 주문해주셨다. 아버지 어깨 너머로 회전 관람차가 보인다. 어느 유원지였던 걸까. 나보다 나이가 조금 많아 보이는 여자아이가 와서는 앞에 놓인 접시를 가져가려 한다. 나는 그 접시를 꽉 붙잡고 놓지 않는다. 여자아이도 접시 한쪽을 붙잡고 잡아당긴다.

"마리야, 그 접시는 이제 필요 없잖아."

아버지가 타이르신다.

"착하지? 그 접시 놓으렴."

나는 접시를 붙들고 있는 손끝에 더욱더 힘을 모은다.

"유미코, 그 접시는 나중에 가져오너라."

가게 아줌마가 타일렀지만 여자아이도 오기를 부린다. 그즈음

마고메 집에 S댁 언니 오빠가 놀러왔다. 가운데가 마리.(위)
마고메 시절 왼쪽부터 마리, 아버지, 유리.(아래 왼쪽)
삶은 달걀을 폭식할 무렵 어머니와 함께한 마리.(아래 오른쪽)

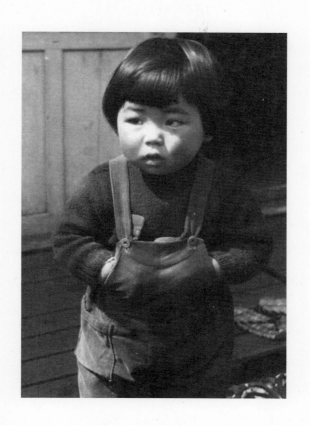

마리가 네 살까지 세 들어 살았던 S댁에서.
마리는 화장실에 자주 빠졌다.

주문한 삶은 달걀이 나온다. 내 관심이 그리로 쏠리는 바람에 손끝의 힘이 풀렸나 보다. 여자아이가 접시를 쥔 채로 엉덩방아를 찧는다. 여자아이는 으앙 하고 울기 시작한다.

—「닭이 먼저냐 달걀이 먼저냐」『미식견문록』

내가 태어난 전후로 어머니를 배려한 아버지는 시간만 나면 언니를 돌봤다. S댁 세 들어 살던 단칸방에서 걸으면 십오 분 거리인 센조쿠이케 공원에는 놀이기구도 있었으니까 아마도 '삶은 달걀 사건'은 여기서 일어났는지 모르겠다. 달걀을 너무 먹어서였을까. 마리는 알레르기, 요즘 말하는 아토피성 피부염이 생겼다. 가려워 가려워 참지 못한 언니가 어찌나 피부를 긁어댔는지 어머니는 급기야 언니 몸을 붕대로 칭칭 감아두었다. 오히나 사마양력 3월 3일에 딸의 행복한 결혼을 염원하여 결혼식 모형 인형을 장식하는 여아용 행사 때였을까. 막걸리용 술지게미를 먹은 마리는 알코올 성분 때문인지 가려움증이 생겼다. 가려움을 견디지 못하고 붕대를 풀어젖혀 발가숭이가 되었다. 그때 언니 배에 발갛게 불거진 세로줄무늬가 내 기억에 남아 있다.

그러고 보니 나는 달걀이며 우유를 별로 즐기지 않는다. 싫어하는 것은 아니지만 딱히 먹고 싶은 마음이 들지 않는 것은 그 몇 년 동안, 우리 집 식탁에 동물성 단백질이 별로 올라오지 않았기 때문인지 모르겠다. 낫토를 좋아하는 것도 부모님이 달걀 대신 먹게 해서일까. 무려 60년이 지나 이 글을 쓰는 지금에서야 내 속의 작은 의문이 풀린 느낌이다.

언니가 책에 쓴 대로 몇 년 뒤 아버지 친구 분인 한의사 선생
님이 지어준 약으로 이 알레르기는 나았다. 그 뒤 몸에 습진이
올라오는 일은 없어졌으나 결국 손바닥에는 남아 평생 마리의
고민거리가 되었다. "이래서는 애인이 생겨도 손도 못 잡잖아"
"손가락 끝이 너덜너덜해서 지문이 없으니 범죄자 쪽으로 소질
이 있을런가" 하며 조금 자학적인 농담을 하곤 했다.

그런데 아토피가 나아서 뭐든 먹을 수 있게 된 마리가 이전
처럼 달걀을 먹어댔냐 하면 그렇지는 않았고 그저 보통 먹성으
로 자리 잡았다. 삶은 달걀이며 오믈렛, 달걀 프라이, 달걀찜 등
달걀 요리를 자주 찾는 일도 없었다. 알레르기가 가라앉고 얼마
지나지 않아 우리 일가는 체코로 이주하게 되었다. 체코뿐 아니
라 유럽에서는 일본처럼 달걀 요리를 자주 먹지 않는다. 그러니
달걀을 먹는 기회 자체가 줄었기 때문이 아닐까.

다만, 마리가 『미식견문록』에서 "지금의 이탈리아인은 날달
걀뿐 아니라 달걀 요리를 거의 먹지 않는다. 아침상에도 잘 오
르지 않는다. 페투치네^{넓적한} ^{파스타} 면를 소스에 버무릴 때 노른자
를 쓰는 정도다"라고 쓴 것은 사실 조금 잘못되었다. 이탈리아
요리를 직업으로 삼고 있는 여동생으로서 정중하게 바로잡고 싶
다. 납작 오믈렛은 이탈리아 요리의 단골 메뉴요, 달걀을 풀어 수
프에 흩뿌려 익히는 것도 흔하다. 그 외에도 파스타나 샐러드에
도 쓰인다. 양과자에 달걀을 빼놓을 수 없는 것은 주지의 사실.

하지만 이탈리아에서도 체코에서도 일본 식탁만큼 빈번하게 달걀 요리가 오르지는 않는다. 날달걀, 달걀말이, 달걀 프라이, 달걀찜, 고명, 다테마키^{다진 생선과 달걀을 섞어 얇게 부친 다음 김밥 모양으로 발에 말아낸 음식으로 설이나 잔치에 쓴다}며 다마고토후^{달걀과 육수를 섞어 두부처럼 사각 틀에 찐 음식}, 덮밥 등 텔레비전에서 뭔가 군침을 자아내는 장면이다 싶으면 어김없이 달걀 국물이 조르르 흘러내리곤 한다. 일본인은 정말 달걀을 좋아하니까 이런 장면에 마음이 움직이는 것이리라.

그렇다곤 하나 마리는 역시 달걀을 좋아했다. 중년에 들어설 무렵부터 언니는 '내 마음대로 다도'를 즐겼다. 말차의 쓴맛을 덜어줄 과자로 노란 팥소^{밤, 고구마의 전분으로 만든 흰 팥소白あん, 팥을 으깬 흑팥소黒あん로 나뉘며 여기서는 흰 팥소에 달걀노른자를 섞은 것을 뜻함}가 들어간 것을 먹을 때가 압도적으로 많았다. 노란 팥소에 팥물 엿으로 감싸 쪄낸 '오토시몬'을 주문해서 냉동고에 쟁여 두곤 했다. 나고야 일본 과자를 즐기는 내가 선물로 자주 사는 '셋카노마이雪花の舞'며, 요나고에 사는 사촌 언니가 선물해주는 이즈모 지방의 '소모산'도 좋아했지만 어느 쪽이건 노란 팥소가 들어 있는 명과다.

양과자도 스펀지케이크보다 노른자가 많이 들어간 카스텔라를 좋아했다. 그리고 가장 좋아한 것은 '계란소면'이다. 달걀노른자를 물엿으로 굳힌 규슈 지방의 이 달달한 과자를 모르는 사람이 있으면, "아니, 일본 삼대 명과를 모르시다니!"라며 일장 설교를 시작한다.

마리가 영면했을 때, 화장터에서 기다리는 시간에 참석해주신 분들께 계란소면을 차에 곁들여 냈다. 그때, 언니처럼 계란소면을 즐기는 사람이 사촌 가운데 몇이나 있다는 사실을 알았다. 아하, 달걀 밝힘증은 요네하라 가문의 혈통이로구나!

달걀이 좋아

요네하라 가문의 먹보 전설

셋방에서 나와 이사 간 마고메의 집에는 늘 별의별 사람들이 드나들었다. 프라하로 가기 전인 1950년대 후반 즈음이었다. 우리 집에는 언제나 하숙생이 있었고 잠시 묵으러 오는 사람들도 많았다. 시골에서 누가 올라오면 당연한 듯이 자고 갔다. 지금처럼 부담 없이 묵을 호텔이 흔치 않던 시절이어서 당시엔 어느 집에서도 빈번한 일이었다. 단지 우리 집의 경우 다른 집에 비해 그런 일이 유별나게 많았다.

16년간 지하운동을 하다가 패전을 맞이한 아버지는 전후 공산당계 신문 〈아카하타赤旗〉 기자를 하다 고향 돗토리로 돌아갔다. 공산당 책임자로서 선거에 나가 국회의원이 되기도 했다. 그런 이유로 돗토리에서 오는 분이 많았다. 선거운동을 같이 뛴

동지가 찾아오면 당연히 술자리가 벌어진다. 평소에는 우리 가족 넷이 자는 2층 여섯 평 정도의 방이 연회장 겸 여럿이 포개 자야 하는 숙소가 된다.

술자리가 있던 어느 날, 계단에서 큰 물건이 쿵 하고 떨어지는 소리가 들렸다. 뛰어나가 보니 층계참에 밥통을 끌어안은 아버지가 있었다. 술에 취해 발을 헛디뎠나 보다. 그런데도 뭐가 그리 좋은지 싱글벙글 주걱으로 밥을 긁어 드시고 있었다.

아버지는 열 형제의 차남이었다. 병과 전쟁으로 세 명이 세상을 떴고 우리는 삼촌 넷에 고모 둘만 알 뿐이다. 그런데 아버지까지 총 일곱 형제자매 가운데 누구 하나 야윈 사람이 없다. 잘해야 중간 키 중간 몸집이랄까. 아버지를 비롯하여 대개 뚱뚱했고, 무엇보다 먹성이 좋았다. 먹는 것도 빨랐고 식탐도 대단했다.

온 일가가 다 모이게 되는 것은 결혼식이나 제사 때다. 요네하라 일가가 앉은 테이블과 다른 참석자들 테이블과는 음식 없어지는 속도가 완연히 달랐다. 입식 파티 때 새로운 요리가 올라오자마자 잽싸게 음식대 주위로 모여든다 싶어 보면 우리 친족들이다. 다들 오랜만에 만나서 회포를 푸느라 도란도란 담소를 나누고 있는데 말이다.

방금 밀어 만든 메밀면이 나왔을 때였다. 맨 앞에서 기다리고 있던 돗토리에 사는 사촌 오빠 뒤로 내가 서 있다. 그 뒤로 삼촌이며 고모와 사촌 들이 줄지어 있고 물론 언니도 그 줄에 끼어 있다. 그런데 맨 앞에 있던 사촌 오빠가 뭐가 그리 급했는지 음식을 접시에 떠서는 바로 그 자리에서 먹기 시작했다. 덩치가 커서 앞을 가로막고 있으니 나는 메밀면에 손을 댈 수도 없다.

"오빠, 거기 비켜줘요. 빈자리에 가서 먹으면 되잖아!"

이런 파티에 어울리지 않는 가시 돋친 목소리로 나무라는 내 등 뒤에서 "그래, 맞는 말이야!" 하며 동조하는 말소리가 들렸다.

어느 날, 고모 일가를 포함한 12명과 함께 맛집으로 소문난 중국 집에 찾아갔다. 가게에 도착해보니 과연 인기가 있는지 늘어선 줄이 엄청나게 길어, 30분이나 기다려서 간신히 자리에 앉을 수 있었다. 16가지가 나오는 풀코스를 주문하자 잠시 후 음식들이 줄줄이 나왔다. 그게 정말 눈 깜짝할 사이에 빈 접시로 변해갔다. 실로 가슴 후련한 광경이었다. 그런데 재미있는 일이 일어났다.

"어머나, 실례했습니다. 회과육回鍋肉이 아직 안 나왔죠? 곧 내오겠습니다."

우리가 너무나 빨리 먹은지라, 웨이터가 아직 내오지 않은 줄 알고 어떤 음식은 두 번이나 가져다준 것이다.

"이거 미안한 거 아냐?"

마음 한구석에 양심의 가책이 들어 이런 말을 하는 나에게 식탁을 둘러싼, 나와 피를 나눈 사람들이 이구동성으로 한다는 말은 이러했다.

"식당의 손님 회전에 지대한 공헌을 하고 있으니, 그 보답이라 생각하지 뭐."

이런 걸 두고 먹보의 '세 치 명분'일본 속담 '도둑의 세 치 명분'(잘못을 저질러놓고도 변명을 한다는 뜻. 세 치는 혀의 길이를 뜻함)을 저자가 패러디한 것이라 해야 하나. 우리는 30분도 채 못 돼서 그곳을 나왔으나, 우리가 줄서서 기다리는 동안 이미 먹기 시작한 옆 테이블 사람들은 아직 디저트까지도 못 간 형편이었다.

—「씹는 것은 껌뿐」『미식견문록』

언니는 이야기를 재미있게 하려고 다소 과장하고 있지만 사촌들과 간 중국집에서 이미 나온 요리를 우리가 너무나 순식간에 해치우는 바람에 아직 내오지 않은 줄 알고 웨이터가 한 번 더 내온 일도 진짜 있던 일이고, 숙모들이 데려간 시로가네에 있는 중국요리 명가 슈호엔에서 그 가짓수 많은 코스 요리를 삼십 분도 채 못 돼서 먹어 치운 것도 사실이다. 지금도 요네하라 친족들과 모처럼 만날 때는 먹는 얘기만 잔뜩 한다. 언니도 나도 위, 체형, 그리고 얼굴 모두 아버지 쪽 혈통이다. 요네하라 일족은 몸이 뚱뚱한 것뿐 아니라 얼굴도 어딘가 태평스럽다. 마리는 얼굴에 빈틈이 있다는 표현을 썼다.

한편 외가 쪽은 홀쭉하고 이목구비가 뚜렷하며 다부져 보이는 사람이 많다. 어머니는 쥬리당시 큰 인기를 끌었던 미남 가수 사와다 겐지를 가리킴를 닮았다는 소리도 듣는, 딸이 말하기는 뭐하지만 미인이었다. 일본, 독일, 이탈리아의 삼국동맹이 체결되어 독일과 우호가 깊어지던 무렵, 어머니가 다니던 여학교에 독일 잡지사에서 취재를 온 적이 있단다. 총대 뒤를 지키는 일본 소녀들을 소개하는 기획물로, 활을 잡은 어머니 모습이 그대로 잡지의 표지를 장식했다. 어머니와 네 살 터울인 외삼촌도 잘생겼다. 특공대에 지원은 했지만 출발 직전 패전을 맞아 목숨을 건졌다. 외삼촌이 도치기 현 마오카 여학교에서 교사를 하던 어머니를 찾아왔을 때 학급 여학생들은 "기타다(어머니의 결혼 전 성) 선생님 남동생 분, 너무너무 멋지셔요!"라며 한바탕 소동이 일었다고.

아버지는 미인인 어머니가 자랑스러운 듯 술만 들어가면 "우리 여보야는 세상에서 으뜸가는 미인이야" "아부지는 말이지, 엄니를 참 좋아해"라고 말하곤 했다. 어려서부터 아버지에게 이런 소리를 듣고 커서인지 언니도 나도 미인의 기준이 어머니 얼굴이 되었다. 지금도 쥬리처럼 생긴 얼굴을 보면 참 아름다운 사람이다 싶어 끄덕거리곤 한다. 세상에는 각양각색의 아름다움이 있겠지만 아버지의 세뇌는 아직도 풀리지 않고 있다.

아버지에게는 만쥬를 75개나 먹어 치웠다는 무용담이 있다. 대를 잇는 요네하라 가문 먹보 전설 가운데는 초등학교 1학년 때 마리가 세운 기록이 있다. 아버지의 고향인 치주는 돗토리에서 오카야마로 향하는 주고쿠 산맥 자락에 위치한 아담하고 아름다운 마을로 면적의 90퍼센트 이상이 산림이다. 치주 지방의 오조니일본식 떡국는 모치찹쌀을 쪄서 절구에 찧은 다음 한 움큼 떼어 손바닥에 굴려 빚음를 굽지 않고 삶는다. 어머니는 "산에서 난 쌀이라 모치가 맛있네"라고 말했다. 미소일본 된장를 풀고 다른 재료 없이 떡에 다랑어 가루를 뿌린다. 이렇게 단순한 오조니가 어찌나 맛나던지 일곱 살 난 마리는 국도 몇 그릇이나 먹었고 모치도 9개나 먹어 치운 것이다.

매해 연말이 되면 치주 큰댁에서 직접 찧은 모치를 부쳐온다. 큰숙모님이 돌아가시고 이제 떡이 오지 않은 지 20년이나 지났지만 나는 지금까지도 그처럼 맛있는 모치를 먹어본 적이 없다. 백화점이며 슈퍼마켓, 여행지, 재래시장 등에서 동그란 모치가 보이면 무조건 사봤지만 말이다. 마리가 치주에 관해 쓴 글이 있다.

이국에서 떠올리는 고향 풍경

나는 도쿄에서 태어났지만, 어린 시절 여름방학에는 반드시 아버지의 본가가 있는 치주에서 지냈다. 아버지 유골의 일부는 할아버지와 할머니, 삼촌들과 함께 치주에 있는 요네하라 선조 묘에 들어가 계시고 내 본적 또한 치주에 있다.

초등학교 3학년부터 중학교 2학년까지 5년간, 우리 가족은 체코의 프라하로 부임하게 된 아버지를 따라갔다. 처음에는 이국 생활에 필사적으로 적응하느라 몰랐지만 안정을 찾고 나니 갑자기 일본이 너무나 그리워졌다.

일본을 떠올릴 때면 맨 먼저 생각나는 풍경은 녹음이 짙은 삼나

무에 둘러싸인 산들, 강물 흐르는 소리였다. 바로 그게 치주의 풍경이다. 일본에 있을 때는 아무렇지 않던 것이 그리워 견딜 수 없어졌다.

더구나 먹고 싶어 꿈에도 나온 음식은 은어 초밥, 대게 그리고 날치 치쿠와어묵의 일종다.

열네 살 겨울에 귀국하자마자 단걸음에 부모님과 함께 치주의 할아버지를 뵈러 갔다. 오카야마에서 열차를 바꿔 타고 서서히 산속으로 들어가면서 차창으로 빽빽이 들어선 삼나무가 보이기 시작하자 속에서부터 벅차오르는 떨림이 멈추지 않았다. 그만큼 흥분했나 보다. 아, 이곳이 내 고향이로구나 하는 생각이 그때 들었다.

—〈돗토리 NOW〉 40호

여름이 되어 치주에 가면 동네 한가운데를 흐르는 센다이千代강에 서식하는 은어가 매일 식탁에 올라온다. 불을 피워 구운 소금구이, 된장이나 간장 간으로 삶은 것 등. 어른이 된 지금은 날마다 먹어도 반갑지만 어린 시절에는 금방 물렸다. 할아버지는 부자라서 밖에서는 거하게 사주셨지만 치주 집에서는 검소하셨고 식탁에도 그저 흔한 계절 재료들만 오를 뿐이다. 그래도 밥이랑 집에서 만든 된장은 정말 맛있었다.

마리의 글에 등장하는 '날치 치쿠와'는 날치로 만든 돗토리 명물이다. 두부를 듬뿍 넣은 두부 치쿠와도 있다. 돗토리는 과일 천국이다. 매년 9월이 되면 아버지랑 같은 당 친구 분이 경영하는 과수원에서 난 '이십세기'¹⁹세기 말에 우연히 발견된 과즙이 많은 배의 종류로 다음 세기를 짊어질 배라며 이름 지음. 전국 생산량의 반을 돗토리가 차지한다를 보내주신다. 과일을 즐겼던 아버지는 그중에서도 특히나 감을 좋아했다. 돗토리 동부 이나바 지방의 야주八頭에서 재배되는 '하나고쇼' 감은 아마도 가장 맛있는 감이리라. 길쭉한 모양의 '사이죠' 감으로 만든 곶감은 꼭 권하고 싶다.

할아버지가 사주는 대게는 정말 일품이었다. 치주 집에서 먹어본 적도 있고 돗토리 시내의 요릿집에 데려가 사주신 적도 있다. 얼마 전 사촌들과 그때 먹어본 대게 얘기가 나왔더랬다. 다들 한 먹성 하는지라 어른이 되어 여기저기서 먹어봤지만 할아버지가 사주신 것처럼 맛있는 게를 먹어봤다는 사촌은 단 한 명도 없었다.

프라하로 떠나기 전, 할아버지는 노잣돈 대신 우리 일가에게 외식을 시켜주었다. 마리는 아홉 살이요 나는 여섯 살 때로, 어느 동네였는지 생각은 안 나지만 건물 꼭대기층 전망 좋은 레스토랑이었다.

"오늘은 좋아하는 거 다 먹게 해줄게. 뭐든 말해보렴."

난 "낫토!"라고 외쳤다.

"죄송합니다만, 낫토는 없습니다"라는 종업원.

"그럼, 메밀국수!"라고 외친 나.

나는 세상 무서울 게 없는 아이였다. 더구나 이때는 조금 웃기려고 그런 것도 있었다. 물론 메밀국수도 없었기에 결국 뭘

1953년, 돗토리 치주에서 할아버지를 둘러싼 요네하라 친족.
앞줄 오른쪽에서 세 번째가 마리.
앞줄 왼쪽에서 두 번째가 어머니와 유리,
뒷줄 오른쪽부터 두 번째가 아버지.

1944년, 어머니와 외삼촌.
열일곱 살의 외삼촌, 해군 입대 무렵일까.

먹었는지는 기억이 안 난다. 나중에 아버지는 할아버지께 "너희는 애들한테 모처럼 먹는 음식이라며 낫토를 먹였더냐" 나무라셨다고. 언니가 나에 대해 쓴 글이 있다.

……내가 그런 꿈을 꾼 것은 먹성 좋은 나조차 적수가 못 될 정도로 어린 동생의 먹성이 특출 났기 때문이라고. 유년기에 2년 8개월이면 차이가 크다. 몸도 마음도 급격히 자라나는 시기이니, 아무리 발돋움을 해봐야 읽을 수 있는 글자 수이며 사회성이며 거의 모든 면에서 내가 동생보다 나은 것이 당연했다. 그 반대가 있어서는 안 될 일이었다.

그런데, 그런데도 동생은 세 살이 채 되기도 전에 먹는 양과 속도에서, 다섯 살인 나를 제친 것이다. (중략)

……나는 동생이 다 먹어치운 것을 확인한 뒤 보란 듯이 야금야금 먹는다. 꿀깍 군침을 삼키는 걸 보면서 고구마를 반으로 잘라 동생 코앞에서 어른거려 보인다.

"요거 너 줄까?"

동생은 단번에 눈을 반짝이면서 끄덕거린다. 나는, "어떻게 할까~나" 하고 약을 올리면서 손에 쥔 반쪽을 앙 하고 내 입에 가져간다. 동생은 온몸이 눈동자가 되어 나머지 고구마 반쪽을 주시한다.

"이거 주면 유리는 언니 말 뭐든지 들을래?"

"응, 우이치, 다 들을 거야."

"그럼 지금부터 일주일 동안 뭐든지 유리 것의 반은 언니 거다.

뭐든지. 그래도 돼?"

"응."

이렇게 해서 고구마 반쪽과 바꿔서, 동생은 그 주에 받은 용돈의 반을 내게 빼앗기곤 했다. 동생은 아직도 그게 원망스러운지, 바로 얼마 전에도 "어린애 주제에 어쩜 그런 잔머리가 돌아갔지? 아이쿠, 무서워라" 하고 정색하며 비꼬았다.

"그런 얘기에 걸려드는 게 잘못이지. 어린 마음에도 네가 너무 어수룩해서 걱정스러웠던 거야. 그래서 나쁜 사람에게 걸려들지 않도록 훈련시킨 거라고."

이렇게 둘러댔지만 솔직히 반은 진심이었다. 먹는 거라면 얘는 부모 형제 친구뿐 아니라 제 양심조차 팔아치우지 않을까, 발을 잘못 들여놓으면 어쩌나 하고 향응에 약한 동생의 성격이 걱정스러웠던 것이다.

—「먹성도 한 재주」『미식견문록』

편집자가 "유리 님도 한번 반론해보세요"라고 한다.

반론 1 간식 일화는 고구마가 아니라 바나나였다. 그리도 동경했던 바나나였으니 일시적으로 마리에게 내 몸을 팔았다. 고구마가 아니었다.

고구마 하니 생각난다. 체코로 가는 도중 파리의 호텔에서 우리 자매는 더블 침대에서 함께 잤다. 밤에 언니가 "야, 너 뭐 해. 기분 나빠" 하는 소리에 눈을 떴다. 그때 나는 군고구마 꿈을 꾸던 참이었다. 잠버릇이 안 좋아 180도 회전해서 마리 발을 물어 뜯고 있었단다.

반론 2 먹는 양이 꼬꼬마 때부터 언니를 넘어섰다는 것은 인정한다. 그러나 먹는 속도를 넘어선 적은 없었다. 계속 비슷한 정도였다. 그런데 어느 시기부터 나는 조금씩 마리보다 늦어졌다. 한번은 우리가 밥을 먹는데 뜨거운 음식이 나왔다. 뜨거운 음식은 뜨거울 때가 맛있다며 더욱 서둘러 먹었다. 순간, 옆에서 거칠게 들이켜는 콧바람 소리를 들었다. 나는 그때 결심했다. 아, 이건 아니야! 나는 아직 꽃다운 20대였던 것이다. 그 이래로 나는 조금, 아주 조금만 먹는 속도를 줄이기로 했다.

그즈음 마리가 데이트에서 실패하고 온 적이 있다. 같이 밥을 먹던 상대방보다 먹는 속도가 워낙 빨라 일찌감치 식사를 끝낸 언니에게 아직 먹고 있던 상대가 자신의 접시를 들이밀며 "이거라도 좋으면 드시죠"라고 했나 보다. 이후 그로부터 만나자는 연락은 오지 않았다.

먹성 탓에 길을 잘못 들면 어쩌나 하는 언니의 걱정에 대해서는 반론의 여지가 없다. 나 자신조차 그리되면 어쩌나 싶었으니까. 전쟁 전이었다면 무슨 일로 잡혀 들어가 말하지 않으면 굶긴다는 고문에 일말의 망설임도 없이 그 자리에서 비밀이고 뭐고 모조리 불었으리라. 전쟁 뒤에 태어나서 천만다행이다. 또 아버지가 16년간이나 무사히 도망 다닐 수 있었던 것도 정말 다행이다. 혹시 잡혀서 먹는 걸로 고문받았다면 얼마나 괴로우셨을까. 어릴 때부터 홀로 상상하곤 안도했다.

갱년기에 들어 원래부터 야윈 적이 없었건만 더욱 뚱뚱해졌을 때, 이미 많이 뚱뚱했던 언니에게 "나 요즘 5킬로그램이나 불었어. 어떡하지?"라고 투덜댔더니 "어머, 아버지의 유전자가 열심히 활동 중이니 좋은 거 아니니?"라는 소리가 돌아왔다. 이후, 마리의 이 말에 용기 얻어 오늘까지 난 열심히 먹고 있다. 아버지와 마찬가지로 나도 술을 마시면 밥이며 만쥬가 당긴다. 그럴 때면 연회 중에 나와서 밥통을 끌어안고 즐거운 듯 주걱으로 밥을 긁어 드시던 아버지 생각이 나서 나도 몰래 배시시 웃음이 삐져나온다. 그럼, 먹고 싶은 건 먹고 살아야지.

프라하 추억의 흑빵

1959년 늦가을, 우리 일가는 그 뒤 5년을 살게 될 체코슬로바키아(당시)의 수도 프라하로 떠났다. 아버지가 세계 각국 공산당들이 만드는 잡지 〈평화와 사회주의 제 문제〉의 일본 대표로서 편집국에 근무하게 되었기 때문이다. 언니 마리는 아홉 살, 나는 여섯 살이었다. 전쟁_{태평양 전쟁을 가리킴} 전부터 16년간이나 지하운동을 하던 아버지가 이번에는 사회주의 나라로 간다고 하니 돗토리 시골에 계시는 할아버지는 살아생전 이 아들을 다시 볼 날 있겠나 싶으셨는지 하네다 공항까지 배웅을 나왔다. 우리는 어른들의 그런 마음도 모르고 훌륭한 사회주의 나라에 간다며 설렜다.

당시의 비행기는 제트기가 아닌 프로펠러로 비행 도중 알래

스카 앵커리지와 독일 함부르크에 내려서 연료를 보충해야 했다. 비행기 안에서 아버지는 "햄버거라는 이름은 이 함부르크에서 따온 거란다"라 말했기에 함부르크 공항 레스토랑에서 언니랑 나는 "햄버거! 햄버거!" 하고 졸라 맛을 볼 수 있었다. 하네다에서 출발해 이틀 뒤 파리에 도착했지만 공항 노동자들의 파업과 맞물려 며칠이나 발이 묶였다. 이런저런 이유로 프라하에 닿았을 때는 출발일로부터 일주일이나 지나 이미 11월이 되어 있었다. 프라하는 짙은 안개로 가려져 있었다. 이 안개의 정체는 난방용 석탄 때문에 생긴 스모그였다. 땅거미가 내려앉은 거리에 석탄을 실은 마차가 오가고 있었다. 처음 보는 풍경에 "마차가 다 있다니 사회주의는 대단하네!"라며 흥분했던 것을 기억한다.

부모님은 우리를 소비에트 학교에 다니게 했다. 당시 프라하는 동쪽(사회주의 측)의 국제도시로 아버지가 부임할 편집국을 비롯하여 여러 국제기관이 있었고 학교에는 소련뿐 아니라 여러 나라에서 온 아이들이 있었다. 우리 부모님은 외국인 엘리트 자녀들이 다니는 학교가 아니라 체코의 일반 동네 학교에 보내고자 했다. 그러나 귀국 뒤를 생각해보면 러시아어 쪽이 서적도 구하기 쉽고 쓰일 데도 많아 보여 고심 끝에 두 자매를 소련 대사관 부속 8학년 과정 초중학교에 보내기로 한 것이다. 이 학교에서 우리는 '오야마'라는 성을 썼다.

아버지의 전임자는 귀국했을 때 하네다 공항에서 체포당했다. 레드 퍼지^{공산주의자 색출} 정책의 영향은 아직 남아 있었다. 그 때

체코슬로바키아로 떠날 때 촬영한 가족 여권 사진.
위에서부터 아버지, 어머니, 마리, 유리.

문에 아버지 요네하라 이타루는 대사관, 곧 과학 아카데미 동양 연구소 연구원으로서 프라하에 거주하는 것으로 일본 정부에 보고되어 있었다. 실제로도 가끔 연구소에 나갔다. 그리고 공산당 대표 일에는 '오야마 지로大山二郎'라는 가명을 썼다. 고향 돗토리의 명산 오야마에서 성을 따고, 차남이라서 지로라고 지었던 것이다. 러시아인은 오야마의 '야'에 악센트를 두고 '아야—마'라고 발음했다.

우리 가족이 살게 된 곳은 프라하 성 북쪽 프라하 6구의 아파트였는데 소련 대사관이 가까워 학교 친구들이 많이 살고 있었다. 따라서 방과 후나 휴일이 되어도 놀 친구가 부족한 적은 없었다.

방과 후 집에 와 숙제를 마치면 아파트 안뜰에서 놀았다. 평일은 숙제 양이 많아서 밖에 나가 놀 여유가 없었다. 창에서 안뜰을 내다보고 누가 나와 있으면 내려갔다. 대개는 술래잡기나 공놀이를 했다. 어느 날 마리가 "우리, 애네한테 '첫걸음' 놀이를 가르쳐줄까?"라고 말했다. 러시아어로 번역해서 '페르비샤First step'라 불렀다. '오뚝이가 넘어졌습니다'우리나라로 치면 '무궁화꽃이 피었습니다' 놀이라는 10음절에 맞는 단어를 찾지 못해 그냥 숫자로 1부터 10까지 셌다. 아이들이 이 놀이를 무척 좋아해줘서 학교의 쉬는 시간이며 여름 캠프에서도 모두가 함께 이 놀이를 했다.

수업이 있는 날에는 엄청나게 숙제가 많았지만 주말이나 휴일에는 숙제가 없었기에 놀 시간은 충분했다. 우리는 친구들과 아파트 밖으로도 놀러 나갔다. 걸어서 십오 분 거리에 있는 소련 대사관 옆 '소비에트 클럽'이라는 사교장에서 주말에는 영화가 상영되었다. 채플린이며 키튼, 당시 모스크바 국제영화제에서 그랑프리를 받은 신도 가네토 감독의 〈벌거벗은 섬〉도 여기서 봤다. 영화가 별로 재미없다 싶으면 가까운 공원에 갔다.

프라하 공원이나 거리에는 소시지를 파는 포장마차가 있다. 냄비 속 끓는 물에는 비엔나소시지를 더 길게 한 결이 고운 파레크가 익고, 이보다 좀 더 굵고 고기 입자가 큰 슈페카치키는 철판에서 구워지고 있었다. 먹고 싶은 쪽을 고르면 호밀빵 한 조각과 머스터드를 얹어준다. 이렇게 해서 1코루나 20할레르였다. 지금으로 따지면 약 2~300엔쯤 되려나. 용돈에 조금 여유가 있을 때만 우리는 이 소시지를 사 먹었다. 자주 타던 노선 차비도 영화관 입장료도 생각나지 않는데 별로 사 먹지도 않은 이 소시지 값이 기억나는 것은 그만큼 먹고 싶어 했기 때문일까.

평소 밖에서 놀 때는 집에서 가져온 사과나 자두, 살구 등등을 걸어 다니며 베어 먹었다. 싸구려 사탕이나 아이스크림을 친구들과 사 먹을 때도 있었다. 귀국 뒤 어머니는 우리에게 "일본에서는 걸어 다니면서 먹으면 버릇없다는 소리 들으니까 절대로 그러지 마라" 다짐을 받았다.

어느 날 같은 아파트에 살던 프랑스인 남매와 우리 자매가 함께 동물원에 갔다. 소련 대사관 너머 공원을 횡단하면 시내를 굽이굽이 흐르는 블타바 강에 닿는다. 그 강을 건너면 시립 동

1959년 11월, 하네다에서 SAS기(알래스카 경유)를 타고
유럽으로 향하다.(위)
할아버지(가운데)와 큰아버지(오른쪽에서 두 번째)가
돗토리에서 배웅을 나오셨다.(아래)

물원이다.

대략 둘러본 다음 뒤편에서 울타리도 없이 밖으로 나오는 곳을 발견했다. "와, 여기 애들한테 가르쳐주자. 다음부턴 입장권을 안 사도 되겠네, 이히히" 우리는 기뻐 날뛰며 밖으로 나왔다. 조금 걸어 블타바 강까지는 내려왔지만 인가도 별로 없었고, 대체 어떻게 건너편 기슭으로 갈 수 있는지 감도 안 왔다. 주위는 서서히 어두워졌다.

강단 있는 에세이를 쓰고 텔레비전 프로그램에 나와 해설가로서 거침없는 발언을 하는 이미지로 알려져 있지만, 사실 언니는 겁쟁이였다.

'겁쟁이'는 정확한 표현이 아닐지 모르겠다. 언니는 결코 주뼛대는 아이가 아니었다. 일본에서 학교에 다닐 때도 다른 사람 앞에서 언니가 지은 이야기를 들려주거나 학예회에서도 제 흥에 겨운 발레를 지겹도록 춰대던 아이였다. 도쿄에서도 프라하에서도 놀 때는 스스럼없이 나서서 아이들을 진두지휘하는 적극적인 성격이다. 단지 새로운 것, 미지의 체험에 대해서는 뒷걸음쳤다. 마리가 '후가후가 할배'라고 불렀던 우리가 모르는 미지의 도깨비에 겁을 냈고, 식구들이 다 같이 지붕 위에 올라가 다마가와 불꽃놀이를 볼 때도 마리는 겁에 질려 매번 사다리 중간에서 오르락내리락하다가 결국 불꽃놀이 구경을 포기했었다.

그에 비해 나는 도대체 겁이 없는 아이였다. 체코에 오기 전, 돗토리에서 산속을 달리는 버스를 탔을 때도 언니는 "떨어지면 어쩌지? 무서워!"라며 울상인데 나는 "떨어져라! 어서 떨어져라!" 부추기며 기사 아저씨를 난처하게 했었다. 세 살이나 어리면서도 나는 언니랑 대등하게 굴었다. 그래서인지 유치원 때부터 언니를 '마리'라고 잘라 불렀다. 그러고 보니 고등학생 때, "내 친구들은 다들 동생들한테 꼬박꼬박 언니, 오빠라며 손위 대접을 받는데 유리는 단 한 번도 언니라고 한 적이 없어" 하며 언니가 항의한 적이 있다.심지어 일본에서는 부모조차 자식 이름 뒤에 '짱'을 붙임. 달랑 이름만 부르는 것을 '요비스테'라고 하며 예의없다고 느낌.

그런 천하태평에 겁 없는 나도 이때만큼은 어쩌면 집에 못 돌아갈지도 모른다 싶어 무서웠다. 지금도 '미아'라는 단어를 들으면 그날 본 강변 풍경과 함께 맘 졸였던 불안함이 떠오른다.

마리는 뭔가 새로운 일을 시작하거나 미지의 것과 조우하게 되면, 모든 걱정거리와 가능한 무서운 것을 상상하곤 다리가 풀려버리는 게 아닐까. 지금 와서야 그런 생각이 든다. 그런 상상과의 싸움에서 이긴 다음 이제 간신히 움직여볼 결심이 서기까지는 다른 사람보다 훨씬 많은 힘과 용기가 필요했으리라. 그런 만큼 지금이다 싶을 때는 더없이 듬직했다.

이때도 돌아가는 길조차 모르는 와중에 언니는 각오를 다졌으리라. 아마도 외국에 와서 말도 못 알아듣는 학교에 들어갔을 때부터 동생을 지켜야 한다고 마음에 새겼는지 모르겠다. 마리는 내 손을 꼭 붙들었다. 그리고 평소에는 언니에게 기대지 않는 나도 이날만은 '마리랑 같이 있으니까 괜찮을 거야'라고 생각했다.

한참을 걷던 우리는 다리를 발견했고, 다리 위로 인터내셔널 호텔의 높은 탑을 보았다. 스탈린 고딕 양식으로 지어진 고층 건물로 거기서 집까지는 익숙한 길이다. 노면전차로 두 역, 걸어도 이십 분이 걸리지 않는다.

이 인터내셔널 호텔 뒤에는 온수 수영장이 있어 가끔 수영하러 가기도 했다. 이 수영장에도 소시지 가게가 있었다. 헤엄치고 나오면 배가 고프지만 용돈이 모자라는 날도 있다. 가게 아주머니의 "소시지, 아니면 빵만 살 거면 반값에 줄게"라는 말에 우리는 빵을 택했다. 두께 1센티미터, 길이 20센티미터 정도의 호밀빵 한쪽에 머스터드를 발라서 몽실몽실 김과 함께 올라오는 소시지 냄새를 맡으며 베어 물었다. 소시지에 곁들이는 체코 머스터드는 알갱이가 있는 프랑스풍 머스터드가 아닌 치약처럼 고운 입자에 맛도 부드럽다. 러시아 아이들은 "맵지 않아. 무슨 잼 같아"라며 업신여겼지만, 이 머스터드는 호밀빵과 정말 잘 어울렸다. 나는 지금도 가끔 발라 먹고 있다.

언니는 사람들하고 말하다가도 갑자기 자신만의 세계에 빠져버리는 버릇이 있다. 이 버릇은 평생 고치지 못했다. 가족 앞에서는 괜찮지만 타인과 함께 있을 때면 상대방의 기분을 해칠 것 같아 걱정스러웠다. 그 시간 마리는 대체 어디에 다녀왔을까 싶기도 했다. 상상의 세계에서 즐겁게 놀고 있는지 가끔 미소 짓기도 한다. 혹은 상상 속에서 뭔가로 변신해 있는 건지도 모르겠다.

마리가 상상했던 것은 실은 단지 공상이 아니라 지금 와서 생각하니 의외로 구체적인 것이 아니었나 싶다. 이건 어떤 구조일까, 이런 꾀를 내면 편리하겠다, 이런 도구가 있다면 재미있겠지 등등. 마리는 발명이나 아이디어 내는 걸 좋아했고 그런 것에 곧 골몰했다.

언니의 책 『발명 마니아』의 후기에도 쓰여 있지만 프라하 시절 아파트에서 마리는 내게 파마를 해주려 했다. 어머니의 헤어 컬러curler를 갖고 와서 적신 내 머리카락에 감은 뒤, 그 머리를 스팀 위에 올렸다. 유럽의 주택은 중앙관리형이라 각 집, 각 방에 설치된 스팀 패널을 통해 난방이 된다. 언니는 "뜨겁지만 참아, 곧 파마가 될 테니까"라고 했다.

마침 어머니가 방에 들어와 외마디 비명을 질렀다. "으악! 너희 뭐 하니? 유리가 바보가 되잖아!" 하고 뜯어말렸다. 덕분에 나는 간신히 뜨거움에서 해방되었다. 하마터면 진짜 바보가 될 뻔했다.

마리는 방의 가구 배치를 바꾸는 것에도 몰두했다. 우리는 방 하나를 같이 썼다. 그 방을 어떤 때는 자는 공간과 공부하는 공간으로 나누기도 했고, 또 어느 때는 언니와 나, 각자의 단독 공간처럼 분리하기도 했다. 마리는 심심하면 가구 배치를 바꾸곤 했다. 처음엔 둘이 쓰는 방이니까 나도 도왔다. 그러나 언니는 일주일도 채 지나지 않아 바꾸자고 하기 일쑤다. 언니 변덕에 휘말리기 싫어 어느 때부턴가 마리가 뭘 하든 내버려두었다. 마리는 타고난 집중력과 괴력을 발휘해 침대며 책장이며 피아노까지도 혼자서 옮겼다.

우리가 귀국할 때, 아래층에 살던 마리와 같은 반 프랑스인 친구 치보(마리는 그에 대한 에세이를 남겼다)는 우리의 '추억 노트'에 "마리는 친구로서 최고다. 가구만 옮기지 않는다면. 유리는 멋쟁이다. 피아노만 잘 친다면"이라고 써주었다.

우리가 귀국한 시기는 도쿄 올림픽의 흥분이 아직 가시지 않던 1964년 11월이었다. 마리는 열네 살, 나는 열한 살이 되어 있었다.

돌아와서 맨 처음 프라하 친구들에게 보낸 편지에는 온통 먹는 얘기밖에 없었다.

"뭘 먹었네, 너무 먹어서 살쪘네, 그런 거밖에 없잖아. 일본 학교는 어떤지, 친구들은 어떤지 좀 더 제대로 써줘"라며 화가 난 친구가 보냈던 편지를 기억하고 있다.

바다가 없는 체코에서는 잉어 같은 민물고기는 가끔 봤지만 바닷물고기를 들여오는 가게는 흔치 않다. 프라하에는 단 한 집이요, 그조차 신선함과는 거리가 멀다. 겨울이 되면 감자 양파 당근 등의 뿌리채소밖에 안 보이고 과일이라곤 사과밖에 없다. 가끔 희귀한 수입품이 들어오면 긴 줄을 서 사는 수밖에 없다. 원래 계획경제 사회주의라 물품 자체가 남아도는 일이 없는 것이다.

아무튼 일본으로 돌아와 매일 흰밥을 먹을 수 있어 기뻤다. 게다가 된장국, 꿈에도 그리던 낫토, 신선한 생선, 겨울에도 많은 종류의 과일이며 채소가 뭐든 맛있고 맛있어 먹고 또 먹었다. 그러나 보름도 채 지나지 않아 우리 가족은 새로운 고민거리가 생겼다. 빵이 없다! 소시지가 없어!

체코의 빵은 호밀로 만든 검은 빵이다. 호밀빵은 유럽 중부, 북부, 더불어 러시아 등 밀이 자라기 어려운 추운 기후에서 먹는다. 호밀 100퍼센트인 새까만 빵에서부터 밀가루를 섞는 비율과 발효법이며 효모의 종류 등, 나라나 지역에 따라 만드는 법이 각양각색이다. 체코 빵은 독일 빵에 가깝다. 몇 가지 종류가 있으나 보통 가장 자주 먹는 것은 밀가루를 섞어 만든 베이지색 빵이다. 포장마차에서 소시지에 따라 오는 빵도 이 종류다.

1964년 당시 도쿄에서 빵이라 하면 식빵, 팥빵, 호빵 정도였다. 게다가 이 식빵이란 것이 우리로서는 도저히 식빵으로 납득할 수 없는 것이었다. 미국으로 망명한 러시아인 둘이서 고향음식을 회상하며 쓴 『망명 러시아 요리』라는 책이 있다. 둘은 미국의 식빵에 대해 이렇게 말한다.

미국 빵처럼 맛없는 것도 없다. 러시아와 미국, 두 강대국이 서로 다른 점이 있다면 빵이라는 식품을 다루는 태도에 있다. 러시아에서 빵은 사랑받고 있었다. "빵은 생명처럼 소중하다"는 소련 공산당 정치부 당원들이 미국 곡물을 수입할 때 한 현명한 말이다.

미국인은 곡물을 소중히 여기지 않는다. 왜냐하면 다이어트에 열심이라 칼로리가 높은 곡물은 지탄의 대상이기 때문이다. 미국인이 만드는 그 면화처럼 말랑말랑한 것. 대체 어쩌면 그따위를 만들수 있는 걸까. 그건 미국인이 빵을 미워하기 때문이라고밖에 설명이 안 된다. 그네들은 그걸 빵이라고 부르나 본데 정상적인 인간으로선 도저히 받아들이기 어렵다.

식빵에 대해서 혹평하고 있지만 당시 우리 가족도 바로 이 심정이었다. 지금 생각해보니 일본인은 밥이 주식이라 흰쌀밥이야말로 이상적인 먹거리다. 그리고 빵도 주식으로 보았기에 밥과 똑같이 부드럽고 쫀득한 식감을 추구했다. 어쩌면 식빵이 말랑말랑했기에 일본에 정착했는지도 모를 일이다. 실제로 일본의 식빵은 그 방향으로 개량에 개량을 거듭하고 있다.

그건 그렇고 50년 전의 우리 일가는 매일 먹던 그 호밀빵이 그리워 견딜 수가 없었다. 그래서인지 그해 말 고베에 사는 어머니 친구 분이 '프로인드리브'라는 전쟁 전부터 독일인이 연 전통적인 독일 빵집의 묵직한 흑빵을 몇 개나 사 와서 안겨주었을 때는 말 그대로 뛸 듯이 기뻤다. 일본에도 흑빵이 있었구나! 그렇다면 도쿄에도 있겠지 하며 우리는 호밀빵을 찾으러 다녔다.

지금처럼 정보망이 발달한 시대가 아니었다. 외국 생활을 한 사람에게 물어보거나 건너 듣는 소문을 따라 찾아다녔다. '저면 베이커리'에서 팔고 있대, 어디 빵집에 호밀이 들어간 빵이 있다더라, 무슨 무슨 백화점에 팔고 있다더라는 소리를 들으면 부모 님은 귀갓길에 일부러 들러서 사 오곤 했다.

"맛이 없지는 않지만 어딘가 좀 다르지?"

"이건 호밀이 더 들어가야지?"

그때마다 온 가족이 둘러앉아 한마디씩 각자의 비평을 늘어 놓으며 먹었다.

긴자_{도쿄} 최대 번화가에 '케텔'이라는 독일 레스토랑이 있다. 그 옆 에서 나란히 빵이며 독일식 반찬거리며 식료품을 판다는 이야 기를 듣고 그곳을 찾아간 우리는 '아, 드디어 찾았구나!' 했다.

50년 전 도쿄에는 소시지도 없었다. 시장 정육점에서 파는 것 은 조그만 비엔나소시지로 표독스럽게 빨간색으로 착색되어 있 었다. 더구나 고기 맛도 별로 안 난다. 그러더니 여기저기서 핫 도그를 팔기 시작했다. 말랑말랑한 빵에 역시나 고기 맛 그다지 없는 소시지를 올려 노란 머스터드에 무슨 영문인지 들큼한 케 첩까지 뿌려 나온다. 그 경박스러움에 놀림당하는 느낌조차 들 었다. 또 얼마 지나지 않아 프랑크푸르트 소시지가 나왔다. 이것 은 그나마 비엔나보다 고기 맛도 나고 조금은 프라하에 가까워 진 느낌이 들었다.

어느 날 프라하에서 알고 지내던 한 가족이 소시지를 들고 찾 아와주었다. 니시오기쿠보의 집 근처 시장에 소시지를 만들어 파는 가게가 생겼단다. 이것이 그리도 그리던 체코의 파레크와 모양도 맛도 같았다. 이런 걸 파는 멋진 동네에 살다니 내심 얼마나 부럽던지.

그즈음부터 유럽의 식재료를 파는 가게며 레스토랑이 도쿄에 점점 늘어가기 시작했다. 미국을 거쳐 들어오는 것이 아닌 세계 각국의 식문화가 서서히 밀려오기 시작한 것이다.

아오야마에 프랑스 빵을 파는 '동크'가 개점하자, 바게트를 들고 다니는 것이 유행이 되었다. 호밀빵을 두는 가게도 늘어나 프로인드리브 도쿄점이 히로오에 문을 열었다. 이제 필사적으로 찾아 다니지 않아도 빵이며 소시지며 치즈, 다른 재료도 대개의 것은 구할 수 있게 되었다.

한신고베대지진1995년 1월 17일에 일어난 지진이 일어나고 몇 달 지났을 무렵이다. 어느 날 마리가 우리 집에 와서는 "우리가 할 수 있는 지원은 이거야!" 하며 책상에 프로인드리브의 카탈로그를 펼쳤다. 고베 본점이 피해를 입어 임시 점포에서 영업을 하며 본점을 재건하려 한단다. 그로부터 한참 동안 프로인드리브의 빵과 과자를 열심히 주문했다. 마리는 얇은 파이 위에 아몬드를 올려 구운 더치 크런치를 좋아했고, 나는 호두링 케이크를 계절 안부 선물로 주문했다. 우리 둘 다 그 옛날의 신세를 보은하려는 마음이었다.

앞서 쓴 것처럼 우리는 체코에 살고 있었지만 프라하에 있는 소비에트 학교에 다녔다. 반 친구들 절반은 러시아인이었고 학교 식당에서 먹는 점심도 러시아인이 만드는 요리였다. 따라서 체코 음식뿐 아니라 러시아 음식도 그리웠다. 체코 빵뿐 아니라 러시아 빵도 먹고 싶다. 그러나 독일 빵집은 생겨도 러시아 빵을 만드는 가게는 좀처럼 안 생겼다. 마리도 『미식견문록』에서 이렇게 썼다.

　요즘 일본에서도 신맛 나는 독일식 호밀빵을 파는 가게가 늘었다. 러시아 흑빵은 독일 빵보다 신맛이 다섯 배는 더 강하다. 신맛은 효모를 발효시키는 과정에서 나는 맛이라 소화에 좋고 장아찌처럼 식욕 증진 효과가 있다. 실제로 러시아인의 빵 소비량은 다른 유럽 나라들의 평균 소비량의 3배에 조금 못 미친다는 통계가 있을 정도다.
　나조차도 불현듯 러시아 흑빵이 그리워질 때가 있으니, 러시아인에게는 얼마나 대단할까.

—「고국 음식의 위력」

　신맛의 발효 식품은 습관성이 강하다. 즉 중독이 되는 것이다. 빵은 이스트 균(효모)으로 발효하지만 균은 생물이다. 빵집마다 그 가게만의 효모가 다르니 당연히 빵 맛도 가게마다 달라진다. 요새는 건조 이스트 균이 있어 어디서나 같은 맛을 낼 수 있게 되었지만 그래도 어떤 조건이 변하면 균의 활동도 변화되어 빵 맛도 달라진다. 따라서 발효 식품 세계는 속이 깊다. 고향을 떠올릴 때 많은 일본인이 된장이나 장아찌 맛을 떠올린다. 하지만 빵을 먹는 지역 사람들은 어릴 때 먹던 동네 빵집의 맛을 떠올린단다.

통역 일로 자주 러시아를 드나들던 마리는 언제부턴가 갈 때마다 그 무거운 흑빵을 대량으로 사들고 왔다. 그러곤 내게도 그 빵을 나누어준다.

마리는 향수를 뿌리는 습관이 있었다. 몸에만 뿌리는 게 아니라 서랍장에도 뚜껑을 연 향수병을 놓아두었다. 러시아 빵집, 아니 일본 이외의 어느 나라도 물건 하나에 몇 겹이나 포장을 해주는 곳은 드물다. 빵이라면 종이로 휘리릭 말아주는 게 전부다. 그러니 마리의 트렁크 안에서 향수가 스며든 옷과 함께 운반되는 빵에는 아무래도 향수 냄새가 배고 만다. 향수를 즐기지 않는 나는, 아니 즐긴다 해도 이건 좀 괴롭다. 서비스 정신이 왕성한 마리는 러시아에서 산 적이 있는 지인이나 동료 러시아 통역가에게 이걸 갖다 안겼으리라. 다들 받아서 잘 먹었을까?

마리는 만년에 내가 사는 가마쿠라로 이사해 왔다. 자매가 가까이 살면 치매가 심해진 어머니를 돌보기 쉽다는 것이 첫째 이유였지만, 통역보다 글 쓰는 일의 비중이 많아져 숲이 우거진 조용한 환경을 찾고자 한 때문도 있으리라. 매년 늘어나는 털 많은 소중한 가족(개와 고양이들)을 위해서기도 하고.

이삿짐들이 제자리를 찾을 무렵 마리 집을 들여다보았다. 부엌 테이블에는 호밀빵, 냉장고에는 소시지가 있고 그것들은 내가 늘 사는 것들이다. 마리가 말한다.

"이 근처에서는 이게 프라하랑 가장 비슷한 맛이지?"

결국 우리 자매는 몇 살이 되든 어디에 살든, 그때 그 프라하의 맛을 찾아 헤매고 다닌다는 생각에 웃음이 나서 서로를 쳐다보며 웃었다.

프라하 추억의 흑빵

크네들리키

프라하에는 당시 우리 가족 말고도 일본인이 살고 있었다. 대사관이나 정부 관계자도 있겠지만 그쪽과는 금을 그었으므로 내가 아는 것은 공산당 관계자나 프라하에 있는 동측 국제기관에서 일하는 몇몇 가족뿐이다. 그 외에는 음악이나 연극을 공부하러 온 유학생들이다.

고국에서 멀리 떨어져 기후도 문화도 다른 나라에서 만난 사람들끼리 어깨를 맞대고 서로 도우며 살았다. 그래서 지금도 서로 가족 같은 친근감이 있다. 어머니들은 구할 수 있는 재료로 무엇을 만들 수 있을지 지혜를 짜냈다.

……빵가루와 맥주를 섞어 발효시킨 것에, 오이며 양배추, 당근

등을 넣어 절여서 누카즈케를 만들어 먹었다. 혹은 베르미첼리라
는, 실처럼 가는 스파게티를 삶아 간장으로 맛국물은 내서 '국수스
파'도 해봤다. 낫토가 먹고 싶어 미생물학자인 삼촌께서 학회 출석
차 프라하로 오신다는 연락에 부탁드렸더니 낫토 균을 비커에 넣
어 가져오셨다. 콩을 어찌어찌 구입하여 시행착오를 거듭하였으나
결국 성공하지 못했다.

—「하루에 여섯 끼」『미식견문록』

시간이 흐르면서 우리, 특히 아이들은 그쪽 식생활에 익숙해
져 별 불편함을 느끼지 않게 되었다. 그리고 어머니는 공부 열
심, 일 열심 피가 끓어 집을 비우는 일이 잦았다. 처음엔 일본 부
인 단체의 대표가 왔을 때 프랑스어 통역사로 동행했다. 그때부
터 점점 관계가 깊어지면서 통역뿐 아니라 단체 대표도 맡게 되
었다. 아버지는 아버지대로 국제회의로 분주한 나날이 많아졌다.
부모님이 모두 안 계실 때면 우리는 기숙사에 들어갔다. 학교
식당에 대해서 마리가 쓴 글이 있다.

……희망자에게는 학교 기숙사 식당에서 점심 급식이 나온다.
전채, 수프, 주 요리, 디저트가 나오는 풀코스로, 구미가 당기면 얼
마든지 더 먹을 수 있다. 전채 요리는 생선과 채소를 곁들인 차가
운 요리가 많다. 정어리 통조림에 피클을 버무린 것이나, 청어 초
절임과 채 썬 양파 등. 수프는 보르시치나 미네스트로네처럼 건더

기가 많은 것에서부터 크림수프며 묽은 수프까지 여러 종류가 있다. 주 요리는 고기 요리와 탄수화물의 조합이다. 비프스테이크와 감자튀김, 로스트치킨과 버터라이스, 소스를 곁들인 편육과 마카로니 등이다. 디저트는 과일이 들어간 과자가 많다. 그중에서도 앵두 젤리는 정말 맛있었다.

—「하루에 여섯 끼」『미식견문록』

이 수프가 정말 맛있었다. 러시아 수프라 하면 일본인은 보르시치를 떠올릴 테지만 본디 우크라이나 요리다. 러시아인에게 가장 소중한 수프는 시치라는 양배추 절임으로 만드는 것이다. 그밖에도 소금에 절인 오이로 만드는 솔랸카, 신맛이 나는 라솔니크, 생선 수프인 우하, 호밀 등으로 만드는 여름 음료 크바스, 아크로시카크바스에 잘게 썬 야채와 고기 등을 넣은 수프 등이 있다. 겨울이 긴 나라는 채소가 많이 나는 시기에 보존식을 만들어 둔다. 러시아인은 오이 양배추 버섯류 등을 염장한다. 이것이 발효하면 묵은지 맛이 난다. 이 야채와 절임 국물을 더한 수프는 깊은 신맛이 중독될 정도로 맛있다. 점심에는 반드시 수프가 나왔다.

저녁은 점심보다 조금은 가볍게 수프 없이 전채와 메인 두 종류 정도다. 디저트도 과일 콤포트가 많았다.

어머니는 그 뒤로 더욱 바빠졌다. 1963년에는 동베를린에 있는 국제민주 부인 연맹 본부의 사무국에 상주 일본 대표로 부임하게 된 것이다. 그때부터 일본으로 귀국하기까지 1년은 프라하에서 아버지와 우리 셋이 살았다. 어머니는 한 달에 한 번 휴가를 얻어 돌아왔다. 그때는 바츨라프 광장 가까운 프라하 역까지 셋이서 마중을 나갔다.

아버지도 매일 끼니를 만들 시간은 없어서 일주일에 두 번 정도 도우미가 왔다. 다른 일본인 가정에도 다니던 분이라 이미 구면이었다. 이 파니 툴코프스카(파니는 부인이란 뜻)가 대단한 요리 명인이었다. 파니가 만드는 크네들리키나 스파넬스키 프타체크를 마리도 나도 그 뒤로 꿈에서까지 얼마나 그렸던지.

크네들리키는 찐빵 같은 것으로 소스를 듬뿍 뿌려 먹는 고기 요리에는 빠질 수 없는 들러리다. 밀가루에 이스트 균을 더해 달걀과 우유로 반죽하고 발효시킨 다음 쪄낸 것이다. 중국 찐만두 반죽에 가까운 맛이라 할까. 이 찐빵에 육즙을 적신 맛이 얼마나 대단한지, 예로 들자면 스키야키나 장어 덮밥 국물이 밴 밥처럼 맛있다.

크네들리키에는 과자도 있다. 앞서 만든 반죽에 자두나 살구 체리 등의 콤포트를 섞어 동그랗게 빚어 삶는다. 방금 삶아낸 것에 녹인 버터, 설탕, 트바로흐(코티지치즈 비슷한 생치즈)를 발라 먹었다.

체코인은 크네들리키랑 감자 없이 살아갈 수 없다. 크네들리키는 그야말로 체코인의 고향 음식이다. 스파넬스키 프타체크에 대해 마리는 다음과 같이 쓰고 있다.

내가 참 좋아하고 지금도 가끔 만드는 요리 중에 스파넬스키 프타체크('스페인의 작은 새'라는 뜻)라는 것이 있다. 스페인다운 점은 하나도 없다. 쇠고기 요리인데 어째서 그런 이름이 붙었는지 알 만한 사람들에게 물어봐도 만족스러운 대답을 듣지 못했다.

쇠고기 등심살을 가볍게 두드려 늘인 다음 한 면에 겨자를 바르고 햄이나 베이컨을 깐 뒤, 삶은 달걀 4분의 1, 소금에 절인 오이, 살짝 익힌 양파 4분의 1을 올려 고기와 베이컨으로 싼 다음 이쑤시개로 고정한다. 돼지기름을 둘러 달군 냄비에 이것을 넣어 노릇하게 굽는다. 이 냄비에 콩소메 수프를 붓고 뚜껑을 닫은 다음 고기가 다 익을 때까지 삶는다. '작은 새'를 냄비에서 꺼낸 다음 육수가 우러난 수프에다 버터에 볶은 밀가루를 넣어 소스를 만든다. '작은 새'에 크네들리키를 곁들여 소스를 얹으면 완성.

최근에 이베리아 항공기를 탔더니 이것과 똑같은 요리가 나와 서둘러 메뉴를 읽어보니, 그저 '쇠고기 롤 찜'이라고만 되어 있었다. 스튜어디스에게 물어보니 스페인 가정요리라고 가르쳐줘서 어릴 때의 의문이 풀려 기뻤다.

—「하루에 여섯 끼」『미식견문록』

마리의 이 글을 읽고 꽤나 조사하고 찾아다녔으나 스페인에서도 이 요리가 만들어지고 있다는 확증은 아직 찾지 못했다. 독일과 오스트리아에서는 체코처럼 흔히 먹는 가정 음식이지만.

이탈리아에는 고기나 생선에 뭔가를 올려 돌돌 말아 만든 인

볼티니라는 요리가 있다. 남부 지방에서 흔히 볼 수 있는 것이지만, 동방에서 전해진 요리법이란다. 오래도록 이슬람 영향 아래 있었던 스페인이니 이탈리아처럼 고기에 뭔가를 올려 돌돌 만 요리가 만들어졌고 그것이 체코나 독일에 전파되었을 가능성도 부정할 수 없다. 그러나 쇠고기 요리인데 왜 작은 새라고 불리는지 의문은 꼬리에 꼬리를 문다.

병상의 마리에게 이 고기 요리를 만들어 간 적이 있다. 몇 개월 전 마리는 병 때문에 프라하행을 단념해야 했던 터였다. "스파넬스키프 타체크는 이제 다신 못 먹나 했지"라고 말하며 정말 기뻐했다.

파니 톨코프스카가 아이라도 간단히 만들 수 있다며 가르쳐 준 요리가 있다. 하나는 브람보라크, 곧 감자 빈대떡이다. 감자를 생으로 갈아서 마늘, 달걀, 밀가루를 넣고 넉넉한 기름을 둘러 프라이팬에 굽는다. 이건 간식으로도 좋다.

또 하나는 양배추 요리다. 겨울 동안 채소가 부족한 체코에서는 늦가을이 되면 대량으로 만드는 자우어크라우트가 중요한 비타민 보급원이 된다. 비법은 생 양배추로 만드는 '무늬만 자우어크라우트'다. 채 썬 양파와 양배추를 볶아 소금, 식초, 설탕으로 새콤달콤하게 양념한 다음 살짝 익힌 것이다. 고기에 곁들여도 좋다.

파니가 안 오는 날, 아버지도 늦으면 마리랑 나는 둘이서 식당에 갔다. 아파트를 나서서 왼쪽 모퉁이를 돌면 데이비체 거리다. 여기는 우리가 자주 쇼핑하러 가는 상점이 들어선 거리로 셀프서비스 식당도 있다. 코스 순으로 요리가 올려져 있고 따듯한 음식을 그 자리에서 담아준다. 쟁반을 들고 순서를 기다려 먹고 싶을 것을 골라 가다가 마지막에 정산을 하면 된다. 비너슈니첼송아지 고기를 요리용 망치로 두드려 얇게 편 뒤, 밀가루를 묻혀 튀겨낸 커틀릿 등을 먹었다. 물론 이 요리에도 감자나 크네들리키를 곁들였다.

어머니가 베를린으로 부임한 무렵부터 아버지가 안 계셔도 기숙사에 들어가는 일은 없었다. 일본 공산당과 소련의 관계가 나빠져, 부모님은 우리 자매가 행여 따돌림을 당할까 걱정했기 때문이다. 대신 프라하에 거주하는 일본인 가정에 부탁해 신세를 지곤 했다. 세계노동조합연맹에 부임한 고모리 씨 댁에서도 신세를 졌다. 아들 요이치 군은 소비에트 학교 후배로 현재는 일본 근대문학 연구자로 활약 중이다.고모리 요이치小森陽一를 일컬으며 요네하라 마리의 책 『교양 노트』에 해설을 쓰기도 했다.

프라하에는 일본에서 온 유학생도 있었다. 우리는 프라하 음악원에서 공부 중인 스페인 학생에게 피아노를 배웠다. 당시 프라하에 머물던 바이올리니스트 구로누마 유리코 씨의 소개라고 생각했으나 일본에 돌아오고 한참 지나서야 연극을 공부하던 연출가 무라이 시마코 씨의 친구 분이라는 것을 알게 되었다. 무라이 씨는 우리 집에 놀러 와서 어머니와 함께 술도 한잔하며 늦게까지 담소하곤 했다.

나는 귀국할 때까지 피아노를 배웠으나 마리는 시작한 지 얼마 되지 않아 그만두었다. 언니가 세상을 떠나기 몇 년 전에 쓴 책『문화편력기』(마음산책, 2009)에서 처음으로 그 이유를 알았다. 선생님이 너무 잘생겨서 창피했단다. 그랬다. 그 선생님은 이목구비가 또렷하고 아름다웠다.

소비에트 학교의 방학 캠프

소비에트 학교는 새 학기가 9월부터 시작하는 4학기제다. 따라서 방학도 네 번 있다. 가을과 봄 방학은 일주일, 겨울방학은 두 주일이지만, 여름방학은 무려 6, 7, 8월 꼬박 석 달이나 된다. 심지어 휴일은 숙제를 내면 안 된다는 규칙이 있었다. 이렇게나 노는 날이 많아서야 부모들이 큰일이다 싶겠지만 겨울방학과 여름방학은 '피오닐 캠프'라고 불리는 합숙 캠프가 있다. 희망하면 겨울방학에는 산장에 있는 스키장, 여름은 강이나 숲 가까운 호텔에서 묵을 수 있었다. 8월은 부모님도 휴가가 있기에 여름 캠프는 6월과 7월 두 달 동안만 열린다. 3학년이 되면 캠프는 선택이 아닌 필수였다.

우리는 1960년 여름부터 이 캠프에 참가했다. 소비에트 학교에 다닌 지 다섯 달쯤 지났으려나, 아직 말도 어눌하던 때다. 여름 캠프에서 형제자매는 원칙적으로 거의 다른 방으로 배정되지만 선생님이 우리를 특별히 배려해 마리랑 같은 방이 되었다. 그래도 부모님과 떨어져 불안했는지 캠프에 간 첫날 밤, 일곱 살이라는 나이가 무색하게 나는 오랜만에 오줌을 쌌다. 그만큼 맘 졸였기 때문이리라. 그 뒤의 일은 별로 기억에 없다. 그러나 두 달 캠프 생활이 끝날 무렵에는 이미 러시아어에 아무런 불편이 없을 정도가 되었고, 반 친구들과도 거리낌 없이 어울리게 되었다.

이 캠프에 대해 마리가 설명한다.

......장소는 버스로 한 시간 거리에 백 명 정도 수용 가능한 프라하 교외 호텔이다. 숲과 호수와 강이 있는 이 별장지에서 두 주일에 한 번 친족 참관일 외에는 거의 아이들끼리 지낸다. 학교 교사들 대부분은 본국으로 휴가를 가버린 뒤라 여름 캠프에 동행하는 분은 7인 미만이다. 거기에 의사 면허를 가진 학생들 부모와 체코의 대학에서 유학하는 러시아인 학생 등이 아르바이트로 같이 지냈다.

그러나 캠프의 주인공은 어디까지나 아이들이다. 이 사실을 나는 캠프장에 도착해서야 깨달았다. 우선 식당에 아이들이 모여 머리를 맞대고 지금부터 두 달을 어떻게 지낼지 캠프 스케줄 짜기부터 시작했다.

"10킬로미터 정도 떨어진 곳에 농장이 있다더라. 체리 수확을 도우면 체리를 얼마든지 먹어도 된대"라느니 "가까운 곳에 체코 학교도 캠프를 하니까 축구나 배구 시합을 신청해보면 어때?" 등 어른들은 적당한 조언을 해주었지만 최종적으로 무엇을 할지는 어린이들의 한바탕 회의를 거쳐야 했다.

물론 기상과 취침 그리고 낮잠 시간이나 식사 시간 등 처음부터 정해진 시간이 있었지만, 그 외에는 오로지 즐겁게 놀고 시간을 알차게 보냈는가만이 중요하다.

딸기 따기, 버섯 따기, 낚시, 보트를 타고 광대한 숲을 무대로 이틀에 걸친 숨바꼭질을 하거나 참관일에 오실 부모님들께 보여드릴 마음으로 캠프 생활을 가사로 한 노래를 연습하는 아이가 있는가 하면 자수에 푹 빠진 아이도 있다.

—「피오닐 캠프의 수확」『가세넷타&시모넷타』분게이슌주, 2003

방학 캠프에서 지내던 호텔은 강으로 향한 완만한 언덕에 있었다. 아마도 3층 건물이었지 싶다. 강까지 잔디가 이어져 있고 양쪽으로 코티지가 4동씩 늘어서 있었다. 이 통나무로 된 코티지에는 작은 거실과 방 두 개에 화장실이 있다. 방에는 침대가 각각 두 개였으니 코티지 정원은 네 명이다. 여기는 상급생 차지라서 다들 동경의 대상이었다. 마리는 체코에서 살았던 마지막 해인 7학년 때 이 코티지에 들어갈 수 있었다. 나는 얼마나 부럽던지 친구들을 대동해 몇 번이나 놀러 갔다. 캠프 참가자는 매년 바뀌었지만 선생님을 포함해서 7, 80명 정도였다.

호텔 1층은 식당이 있고 밖으로 나가면 널찍한 테라스에 탁구대가 놓여 있다. 건물 오른쪽으로 닭장이 있고 거기서 사육되는 닭이나 토끼가 가끔 식탁에 올랐다. 짚고 가자면 이들이 식탁 위로 뛰어 올라간 게 아니라 요리되어서, 라는 의미다.

호텔 부지 왼편으로 식물이 강까지 늘어서 있었지만 그 건너편은 들판이었다. 언덕 위에는 꽤 넓은 평지가 있었다. 풀을 베어내면 축구장이 되어 여기서 축구나 랍타lapta라고 불리는 원시야구 같은 러시아식 공놀이를 했다.

학교 식당에서는 러시아 요리가 나왔으나 여기선 체코인 요리사가 만드는 체코 요리가 나왔다. 그래도 소비에트 학교에서 온 아이들이라 러시아 요리도 때때로 만들어주었다. 마리가 쓴 것처럼 우리가 강에서 낚시를 하거나 숲에서 캐 온 버섯을 이곳의 요리사가 정말로 맛있게 조리해주었다. 그 흙내 나는 민물고기를 대체 어떻게 처리했는지 군내 없는 튀김으로 변해 있었다.

걸어서 십 분 정도 가면 숲이 펼쳐진다. 거의 매일 아침을 먹고 나면 숲에 들어가 놀았다. 일본은 산이 많아 숲이라 하면 산일 경우가 많다. 그러나 여기 숲은 평지다. 속에 들어가면 사람 다니는 길은 있지만 나무 종류나 모양, 가지의 형태, 볕이 드는 모양을 기억해 두지 않으면 경사가 없는 만큼 지금 내가 어디쯤에 있는지 알기 어렵다. 마리가 쓴 적이 있는 대규모 숨바꼭질 때는 반드시 미아가 생겨 선생님과 상급생이 찾아 나서야 했다.

숲 입구의 밝은 곳에서는 산딸기나 라즈베리, 구스베리 같은 야생 열매를 땄다. 재배한 딸기보다 맛과 향기가 몇 배나 강했다. 산딸기가 얼마나 맛있었는지 아직도 그 맛을 못 잊을 정도다. 최근 일본에서는 해마다 새 품종의 딸기가 쏟아져 나온다. 그때마다 나는 사보지만 한 해에 한두 번 정도나 얻어걸릴까. 아주 드물게 그 산딸기의 향기가 코를 스친다. 그러나 쫓으려 하면 휙 사라져버린다. 산딸기의 DNA가 변덕스럽게 나타나는 걸까.

숲 속에 들어가면 버섯을 캘 수 있었다. 꾀꼬리버섯, 자작나무 아래에서 피는 황소비단그물버섯, 포플러 나무 밑에서 나오는 큰 비단그물버섯 등등. 그 가운데서도 으뜸가는 인기는 러시아어로 흰버섯이라는 의미의 그물버섯이다. 프랑스어로 세프cépe, 이탈리아어로 포르치니porcini라 불린다. 이 버섯은 여간해서는 발견하지 못한다. 따라서 어쩌다 발견한 아이는 그날의 영웅이 된다. 유럽의 버섯류는 향기가 대단히 강하다. 요리사는 우리가 딴 버섯을 버터로 볶기도 하고 수프로도 만들어주었다.

농장의 '체리 따기' 체험은 너무 많이 몰려가면 수확보다 먹어버리는 양이 많아 농장에 민폐가 될 뿐이니 스무 명 정도로 꾸려 갔다. 체리를 한 줌 따서 지게자루에 넣으면 다음에 딴 한 줌은 입속으로 들어갔다. 그런데 잘 익은 체리는 너무 먹으면 조금 취하거나 배탈이 나기도 한다. 이미 경험해본 선배들이 누누이 주의를 주었지만, 체리를 눈앞에 두면 입도 손도 멈추지 못하게 된다. 돌아오는 길에 몇 명은 걸음이 꼬이곤 했다.

　고학년이 되면 강을 거슬러 올라가는 탐험을 한다. 보트로 갈 수 있는 데까지 간 다음 점점 좁아지고 가팔라지는 강을 옆에 끼고 강기슭을 따라 걷는다. 때때로 강을 가로질러 걷는다. 물줄기가 센 곳에서 미끄러져 무서웠던 적도 있다. 겨우 도착하면 조금 평평한 장소에서 짐을 풀고 점심을 먹었다. 강 상류 물은 깨끗하다. 냄비에 강물을 받아 와서 우리가 불을 지핀 다음 양파, 감자, 홍당무 같은 야채와 소시지만을 넣어 수프를 만들었다. 이렇게 간단한 요리가 얼마나 맛있었던지.

　즐겁고 즐거운 캠프 생활에서 유일하게 우울했던 것이 '낮잠' 시간이다. 오전 스케줄이 힘들지 않은 이상 낮잠을 자고 싶지 않다. 놀고 싶고 수다 떨고 싶다. 그러나 선생님은 반드시 둘러보러 오신다. 재수 없게 걸리면 오후 놀이에 가지 못한다. 선생님 눈을 피해 낮잠 시간에 무엇을 할 수 있을지 우리가 지혜를 모았다. 그렇다고 해서 별것은 없다. 옆방에 몰려 가서는 선생님이 오시면 옷장이나 침대 밑에 숨거나 공놀이를 하며 그저 몰래 하는 스릴을 즐길 뿐이었다.

　낮잠을 자고 나면 호텔 부지 안에서 자유로이 놀 때가 많았다. 공놀이를 하거나 잔디에 앉아서 노래를 부르거나 열심히 수다를 떨곤 했다. 강가에서 온몸에 비누 거품을 묻혀 씻은 다음 강에 풍덩 들어가는 걸로 목욕을 대신한 날도 있었다. 호텔에서 샤워는 할 수 있지만 욕조는 없다. 비누 거품을 묻혀 강에 뛰어

여름 캠프에서 탁구를 하는 마리.
이 탁구대 옆에서 마리가 쓴 과자 '할바'를 맛보았다.(위)
가족 참관일 학예회에서 마리(오른쪽에서 두 번째)는
피오닐 캠프의 빨간 스카프를 두르고 있다.
왼쪽 끝이 유리. 오른쪽 끝 프랑스인 아이가 가르쳐준
노래를 불렀다.(아래)

버섯의 왕이라 불리는 '포르치니'를 캔 기념으로 찍은 사진.
가운데가 마리.(위)
쌍꺼풀 있는 큰 눈을 동경했던 마리는 볼펜으로 사진을 수정했다.
수영복 차림 사진은 허리를 잘록하게 고치기도 했다.(아래)

드는 샤워는 정말 최고였다.

식당 옆 작은방에는 책장이 있었다. 선생님과 아이들이 가져온 책들을 다 같이 돌려 읽었다. 재미있는 책은 금방 소문을 타고 다투어 읽고는 다 읽은 아이들의 수다에 끼어들고자 했다. 양서류로 개조되어 수중에서도 살 수 있게 된 주인공이 활약하는 소련의 SF소설 『양서인간』이 히트 친 해도 있었고, 체코 작가 하셰크의 『용감한 병사 슈베이크』에 다들 폭 빠졌더랬다.

마리가 소개한 대로 한 달에 두 번 가족 방문일이 있었다. 필요한 것이 있으면 그때 가져와 달라고 가족에게 편지를 미리 쓴다. 부모로부터 편지가 올 때도 있다.

마리 님, 유리 님
1961년 7월 2일
프라하에서 이타루

일요일(7월 1일)에 가려고 했는데 못 가게 되어 짐만 부치기로 했어요. 크로지느에게도 다른 아주머니에게 부탁받았기 때문에 짐을 부칩니다.

어머니(미치코)는 아직 루마니아에서 안 돌아왔어요. 루마니아가 너무 좋아져서 프라하로 돌아오기 싫어졌나 봐요.

그런데 전보를 보니까 내일 화요일(7월 3일)에 돌아오실 듯해요. 돌아오시면 선물은 다음 주 일요일(7월 8일)에 가져갈게요. 그렇지만 만약 일이 생기면 아버지는 다음 일요일에도 못 갈지도 몰라요.

그리고 아버지(이타루)는 일이 생겨서 수요일(7월 4일)에 모스크바에 간답니다. 시간이 어느 정도 걸릴지 모르니까 언제 프라하로 돌아올 수 있을런지도 모르겠어요.

짐 속에는 이런 물건들을 넣어둡니다.

1. 세탁한 셔츠 등(요전에 아버지가 프라하로 가져온 것을 모두 빨아서 넣어두었어요).

2. 손톱깎이(마리가 가방 속에 넣은 채로 잊고 있던 것입니다).

3. 무좀 약(마리가 부탁한 것).

4. 오렌지 두 봉지(이건 아버지의 선물).

5. 그림엽서(마리도 유리도 편지를 좀 더 쓰세요. 그래서 이걸 넣어둡니다).

6. 마리의 사진기와 거리를 재는 도구와 빛의 세기를 재는 도구(마리의 사진기는 아버지가 완전히 고쳐서 새 필름도 넣어두었어요. 이 필름은 36장이나 찍을 수 있으니까 돌아올 때까지 충분하겠지요. 빛의 세기를 재는 도구는 아버지가 독일에서 사온 소중한 것이니까 조심히 쓰세요. 이걸 빌려줄 테니 사진 선생님께 쓰는 법을 배워서 멋진 사진을 찍어보세요).

7. 유리의 사진기와 필름(유리의 사진기도 보냅니다. 마리에게 배워서 잘 찍어보세요).

그럼 안녕.

아버지는 모스크바에서 선물을 사올게요.

아이들도 이해하기 쉽게 아버지는 히라가나를 단어마다 띄어서 써주었다 일본어는 히라가나와 한자를 섞어 써서 띄어 쓰지 않아도 이해하기 어렵지 않지만 히라가나만 쓰면 어디서 끊어 읽어야 할지 모르기 때문에 한글 띄어쓰기 하듯 히라가나 단어마다 띄어 써서 이해하기 쉬웠다는 뜻. 그런데 어머니(미치코), 아버지(이타루)라니 미치코와 이타루 외에 우리 부모님이 또 있단 말인가. 아무튼 이렇게나 아버지는 꼼꼼하셨다.

이런 방문 날에는 가족을 앞에 두고 노래를 부르는 등 캠프의 성과를 보여드리는 작은 학예회가 열린다. 프랑스인 친구에게 배운 프랑스 동요를 몇 명이서 발표했을 때도 있고, 우리가 〈사쿠라 사쿠라〉나 〈도오량세〉를 부를 때도 있었다. 마지막 날은 들에 나가서 성대한 캠프파이어를 하며 헤어지는 아쉬움을 달랬다.

겨울방학 캠프 때는 스키와 썰매놀이를 했다. 스키 장화를 신는 법, 스키를 신고 산을 오르는 법 등을 우선 배운다. 당연히 당시에는 리프트 시설이 없었기 때문이다. 다음으로 멈추는 법과 넘어지는 법을 배운다. 이렇게 기본기는 가르쳐준다. 더 잘 타고 싶은 아이들은 개별 수업도 가능했지만 기본만으로도 충분히 즐길 수 있었다. 그래서 마리도 나도 스키를 잘 타지는 못한다. 이렇게 학교 체육 수업도 마음껏 몸을 움직이는 것을 기본으로 했다. 일본에 돌아오니 뜀틀을 몇 단 뛰었다느니 죽마를 탄다거나 철봉 거꾸로 돌기를 하는 등 학교 체육에서 같은 과제를 두고 모두가 똑같이 해내야 한다는 점이 놀라웠고 부자연스럽게 느껴졌다.

보통은 호텔 근처 스키장에서 놀았으나 때때로 오후에는 썰매를 끌고 조금 멀리 나갔다. 체코는 일본보다 위도가 높아서 겨울에는 어둠도 빨리 온다. 어둠 속에서 하늘 가득한 별을 보며 자연과 하나가 되어 활주하는 상쾌한 기분은 특별했다.

캠프에서는 친구들이랑 지내니까 마리와는 같이 있는 시간이 많지 않았다. 어느 해 겨울, 캠프 이틀째 날 나는 다리가 부러졌다. 스키를 타다가 속도가 붙은 나머지 큰 나무를 피하지 못할 것 같아 넘어지는 쪽을 택한 것까지는 좋았지만 그 넘어지는 법이 서툴렀다. 병원에서 깁스를 하고 호텔로 돌아왔다. 다음 날부터 모두가 스키며 썰매를 타러 간 동안 나는 방에 갇혀 책이나 읽으며 사흘 뒤에 데리러 오실 부모님을 기다려야 했다.

언니만큼 독서가가 아닌 나로서는 이건 고역이었다. 하루 만에 완전히 싫증이 났다. 이튿날 마리가 와주었다.

지팡이를 짚고 있는 나를 데리고 나와 호텔 현관에서 썰매에 태워 그 썰매를 끌며 놀아주었다. 반대 입장이 된다면 나는 아마도 분명히 친구랑 스키를 타러 갔을 것이다. 마리와 함께한 참으로 즐겁고 고마웠던 추억이다.

붉은 엘리트의 피서지

　석 달이나 되는 여름방학 가운데 6, 7월은 여름 캠프에 가고 8월은 언제나 가족과 여행을 했다. 아버지는 그 무렵 동유럽에 파견된 일본 공산당원 가운데 가장 윗자리에 계셨기에 소련은 매년 여름 우리 가족을 피서지로 초대했다. 첫 해는 얄타, 이듬해는 같은 크리미아 반도의 세바스토폴, 또 그다음 해는 소치로 세 번 모두 흑해 연안이었으며 묵었던 호텔도 대단히 고급스러웠다. 얄타에서 지냈던 호텔은 엄청나게 컸고 샹들리에도 호화로웠다. 세바스토폴과 소치에서 머문 숙소는 옛 귀족 별장이었는지 몇 군데 별채로 나뉜 아담하지만 멋스러운 저층 건물이었다. 화려한 얄타 호텔보다 격식 있는 건물이라는 것은 아이 눈에도 보였다.

어느 피서지든 우리는 날마다 바다에서 헤엄을 쳤다. 헤엄을 배운 곳도 흑해였다. 철과 아황이 반응하여 거무스름해서 흑해로 불린다는 설명을 들었다. 검다고 듣고 보니 확실히 다른 바다보다 색이 짙은 느낌이었다. 언제나 잔잔해서 헤엄을 배우기 제격인 바다다. 때때로 투숙객 상대로 견학 투어가 있어 열대식물원이나 동물원, 박물관 등이며 체홉의 별장도 보러 갔다. 부모님이 흥분한 것과 더불어 서재를 둘러봤던 기억이 희미하게나마 떠오른다. 이때는 일본 담당 소련 공산당 크와렌코 씨가 안내했다. 그는 시베리아 억류자를 위한 〈일본신문〉 관계자로서 후에 대일 외교의 책임자가 되었다. 그러고 보니 히사시 씨^{저자의} _{남편이기도 한 일본의 유명 작가 이노우에 히사시를 말함}가 시베리아 억류자 이야기를 그린 『일주일』이라는 소설을 구상할 때 크와렌코라는 이름이 등장하기에, 어렸을 때 만난 적이 있다고 말하니 그는 깜짝 놀랐다.

세바스토폴에서 가까운 명승지 '바흐치사라이의 샘'을 보러 간 적도 있다. 바흐치사라이는 크림한국의 수도다. 이곳에 폴란드에서 납치된 아름다운 공주님과 관련된 샘이 있다. 19세기 러시아의 국민 시인 푸시킨이 이 공주님이 겪은 비극을 바탕으로 장편시를 썼다. 이 시에서 만들어진 발레도 유명하다.

어느 피서지든 밤에는 영화를 상영했다. 우리는 어려서 언제나 볼 수 있었던 것은 아니지만 소치에서 십자군에 관한 영화를 봤을 때 너무나도 잔혹한 장면이 오래도록 나와 도중에 나와버

긴 여름방학 가운데 8월은 흑해 연안에서 지냈다.

1960년 8월, 흑해 연안 피서지 얄타에서.
뒷줄 오른쪽은 소련에서 돌아가신 사회주의자 가타야마 센의
딸 야스 씨로 당시 모스크바에서 살고 있었다.

린 것을 기억한다. 마리는 어느 글에서 이 영화에 대해 언급했던 것 같지만 지금에 이르기까지 나의 십자군에 대한 감각은 아마도 그때 느낀 공포감을 저변으로 형성된 것이리라.

남국이니만큼 흑해에는 과일이 풍부하다. 과일이라곤 별로 없던 프라하에서 왔으니 정말 고마웠다. 소치의 정원에 있던 커다란 무화과나무도 기억한다. 같은 숙소의 이탈리아인 소년과 함께 나무에 올라 그 열매를 땄다. 도쿄의 우리 집에 있던 것보다 껍질이 얇고 검었다. 그 외에도 분명히 기억하고 있는 것은 얄타에서 먹었던 포도다. 아버지가 "아버지는 포도를 참 좋아해"라고 하시며 송이째 베어 드셨던 광경이 떠오른다.

아버지는 좋아하는 것을 드실 때면 늘 기쁜 듯이 "아버지는 이게 참 좋아"라고 말했다. 그 버릇은 유전이 되었는지 좋아하는 음식이 나오면 "나 이거 가장 좋아해"라거나 "내가 좋아하는 거다!"라고 말한다. 결혼해서 얼마 뒤 식사 자리에 내가 좋아하는 게 나오자 언제나처럼 "나 이거 가장 좋아해"라고 했더니 남편은 "당신은 뭐든 가장 좋아한다고 하네"라며 놀렸다.

마리는 러시아인의 식습관에 대해 이렇게 썼다.

……나와 여동생이 다니던 소련 학교의 러시아인은 하루 여섯 끼였다.

아침에 집에서 첫 끼니를 먹고 학교에 간다. 오전 8시에 1교시가 시작되고, 2교시와 3교시 사이의 조금 긴 쉬는 시간(30분)에는 선생님과 함께 식당에서 가벼운 식사를 한다. 오픈 샌드위치에 과일 졸임, 햄버거에 장미 홍차, 소시지와 흑빵 그리고 코코아 등이다. 이것을 두 번째 아침식사라 불렀다.

10시경에 두 번째 식사를 하니 점심은 2시쯤이 된다. 아이들은 대개 집에 가서 먹지만 희망자에게는 학교 기숙사 식당에서 급식이 나온다. (중략) 러시아 아이들은 방과 후 집에 가서 간식과 저녁과 밤참을 먹는단다.

6월 1일에서 8월 31일까지 꼬박 3개월간의 여름방학 동안 학교가 주최하는 숲속 여름학교에 참가했는데, 이 하루 여섯 끼의 실태를 실제로 체험할 수 있었다.

아침 7시에 기상. 아침 체조를 하고 조례를 한 다음 8시쯤 첫 아침식사를 한다. 우선 그 양이 엄청나다. 요구르트나 사워크림, 달걀 요리(삶은 달걀, 오믈렛, 스크럼블드에그 등), 햄 또는 소시지, 한껏 먹을 수 있는 흑빵이나 흰 빵, 또 쌀이나 밀을 갈아 만든 죽(설탕을 넣고 여기에 녹인 버터를 곁들인다)이다. 음료는 홍차, 커피, 코코아. (중략)

어지간히 놀고 난 오전 10시~11시 사이에 두 번째 아침식사를 한다. 이건 조금 가볍다. 학교에서 먹는 정도와 같은 종류고 양도 비슷하다. 소풍 갈 때는 도시락으로 가지고 갈 때도 있다.

오후 1시쯤 점심. 가장 푸짐하고 맛도 가장 좋다. 학교에서 먹던 점심과 종류나 구성이 거의 비슷하다. 여름학교 부지 내에서 기르던 닭이나 오리가 어느 날 갑자기 사라졌다 싶으면 이미 요리된 뒤라는 점만 학교와 다를 뿐.

점심을 먹은 다음엔 반드시 두 시간 정도 낮잠을 푹 자야 했다. "아르키메데스 원리에 의해, 점심을 잔뜩 먹은 다음엔 푹 자야지요" 하는 노래 가사도 있었다.

낮잠에서 깨어나면 오후 4시쯤에 간식을 먹는다. 밀가루로 만든 과자에 커피나 홍차를 곁들인다.

오후 행사를 마치고 7시쯤에 저녁을 먹는다. 저녁은 수프 없이 전채와 주 요리, 그리고 디저트가 나온다.

저녁을 먹은 뒤에는 음악을 듣거나 춤을 추고, 1주일에 2번은 식당에 스크린을 설치해 마을 영화관에서 빌려온 영화를 선생님이 영사기를 돌려 보여주셨다.

자기 전 10시쯤은 야참 시간이다. 사워크림과 요구르트를 반반 섞은 듯한 신맛이 강한 유제품을 마신다. 프로스토크바샤라 한다. 아마도 소화를 돕기 위해서이리라.

—「하루에 여섯 끼」『미식견문록』

여기서 마리와 내 기억이 달라진다. 내 기억으로는 여름 캠프의 식사는 세 끼에 낮잠 뒤 간식으로 총 네 번이었다. 왜냐하면, 세바스토폴 호텔에서 자기 전에 프로스토크바샤라는 유산음료를 마시는 러시아인으로부터 '1일 6식' 이야기를 듣고 우리 가족은 충격을 받았기 때문이다.

다만 프라하 시대로부터 20년 뒤, 나는 요리를 배우기 위해 이탈리아에서 얼마간 산 적이 있었으나 '두 번째 아침밥'은 러시아에만 한정된 습관이 아닌 듯하다. 독일에도 있다고 들었다. 내가 있던 이탈리아 북부 베네트 주에서는 11시에 백포도주 한 잔을 마시며 가벼운 간식을 먹는 습관이 있다. 밤늦게까지 깨어 있는 이탈리아인은 아침은 커피만 마시든지 커피와 달달한 빵으로 때우는 사람이 많아 거의 점심 전에 허기를 느끼게 된다. 일본인은 점심 하면 다들 12시라는 통념이 있지만 이탈리아에서는 빨라야 1시, 대개는 2시 정도부터라서 점심까지 허기를 못 이겨 뭔가를 찾게 되기 때문이다.

앞서 쓴 것처럼 러시아인은 자기 전에 프로스토크바샤라는 유산음료를 마신다. 이것이 하루의 마지막 여섯 번째 식사지만 그들은 유산균음료를 실로 자주 먹고 마신다. 우유와 요구르트 사이에는 많고 많은 종류와 형태가 있다.

훗날 츠지 조리사학교에서 직원으로 일할 때, 동유럽과 소련의 먹을거리를 견학 갈 기회가 있었다. 벨로루시 수도 민스크의 어느 가정에서 케피어kefir라는 유산음료를 대접 받은 적이 있다. 그 집 아주머니가 "아니, 일본에는 케피어가 없다고? 가엽게스리"라며 동정했다. 하지만 그 말이 이해가 갔을 정도로, 거품이 조금 핀 상큼한 신맛의 케피어는 정말 잊지 못할 맛이었다. 최근에는 일본 슈퍼마켓에서도 케피어 종균을 본 적이 있다. 꼭 맛보길 권한다.

그렇게 첫 3년은 소련에 초대되어 사치스러운 여름방학을 지낸 우리였으나 4년째부터 초청이 끊겼다. 1963년 핵 문제를 두고 소련과 중국 공산당 사이의 대립이 표면화되면서 이때 중국 편에 섰던 일본 공산당도 소련과 격렬하게 대립하게 되었기 때문이다.

마리도 쓰고 있지만 학교 선생님들은 이 대립이 아이들 세계에 영향을 주지 못하도록 신경 썼다. 그러나 "일본인과 사귀지 마라"라고 대놓고 말하는 부모들도 몇몇 있었나 보다.

언니의 대표작 『프라하의 소녀시대』^{마음산책, 2006}에 내가 이 문제로 따돌림 당해 침대에 엎드려 엉엉 우는 장면이 나와, 사람들에게 몇 번이나 그 일로 질문받은 적이 있다. 맞다. 이 시기에 나는 전혀 다른 문제로 괴로워했다(실은 남자아이 문제). 나는 집에 돌아와 울었던 기억이 있지만 마리에게도 부모님께도 그 이유를 말하지 않았다. 언니는 나보다 훨씬 예민했고 그때 일어나고 있는 정치적 대립에 대해서도 어느 정도 이해하고 있었을 터라 일상의 작은 변화에도 민감했으리라. 그래서 그런 해석을 한 것이다. 그러나 당사자인 나는 아직 철이 없어 별다른 변화를 느끼지 못하고 있었다. 나와 가장 친했던 친구는 셋이었다. 스페인인과 키프로스 망명자의 자녀(1960년대에는 어느 나라나 군사정권 아래에 있어 공산주의자들은 지하운동을 하거나 망명하는 수밖에 없었다), 또 한 명은 옆 아파트에 사는 러시아인이었다.

세 친구 모두가 가족을 포함하여 변함없이 친하게 지냈기에 내가 그리도 해맑게 지낼 수 있었는지도 모른다. 단지 다른 학년과 함께 학교 행사를 치를 때, 옆을 지나가는 내게 상급생이 욕하는 투로 '키타이카(중국인)'라고 내뱉는 것을 들은 적이 있다. 이때의 '중국인'이 욕이란 것을 알고 충격을 받았다. 일본에 돌아와서 반 아이가 싸움하면서 '조선인!'이라고 했을 때도 충격적이었다. 우리는 당시 프라하에서 세계 정치의 한가운데에 놓여 있었던 것이다.

이해 8월은 아버지가 일하던 〈평화와 사회주의의 제 문제〉 편집부가 여름 동안 전세로 빌리던 타트라 산맥에 있는 호텔에 다녀왔다. 그때 체코슬로바키아는 한 나라였다. 타트라는 슬로바키아에 위치한 유명한 피서지요 관광지다. 같은 아파트에 사는 프랑스인 일가도 함께였고, 자식은 없었으나 쾌활한 이탈리아인 아저씨도 동행하여 즐거운 여름방학을 보냈다.

고지에 있는 호수에서도 헤엄을 쳤다. 얼어붙은 겨울 모스크바 강에서 사람들이 헤엄치고 있는 영상은 가끔 일본 텔레비전 방송에서도 나오니까 아는 독자들도 있겠지만 추운 지역 사람들은 하나의 건강법으로 알고 있는지 차가운 물에서 헤엄치고 싶어한다. 수온 15도 이하인 타트라 호수에서 헤엄치고 있자니 금세 입술이 보라색이 된다. 부모님이 말리는 것도 듣지 않고 담력 시험이라도 하듯 우리는 헤엄쳐댔다.

타트라 호텔에서 나온 요리는 소련 흑해 요리보다는 어느 정도 세련되었고 그릇이며 상차림이 고급스러웠다. 건물은 소련 피서지의 호텔보다 단순했고 호화롭지는 않았지만 아늑해서 지내기 좋았다.

여기서 난생처음으로 타르타르 스테이크를 먹었다. 그릇에 날고기와 양념이 깔끔하게 올려져 있었고 고기 한가운데는 달걀노른자가 장식되어 있다. 한데 잘 섞일 무렵 웨이터가 와서는 후추를 듬뿍 갈아주고 갔다.

같이 있던 미식가 프랑스인과 이탈리아인이 절찬하기에 덩달아 맛있게 느껴져 기억에 남았나 보다. 지금도 나는 요리 교실에서 타르타르 스테이크를 가르칠 때면 쇠고기 위에 달걀노른자를 올리고 주위에 양념을 장식하여 먹을 때 각자가 섞도록 한다. 덧붙이자면 유럽인이 달걀을 날로 먹는 것은 이 타르타르 스테이크를 먹을 때 정도다.

이듬해 8월, 우리는 알바니아에 갔다. 중소 논쟁 때 중국 쪽이었던 알바니아와 일본도 같은 입장이라 아버지가 초대에 응하셨기 때문이다. 우선 이탈리아 로마로 갔다. 훗날 내가 요리를 배울 때 이탈리아 요리를 선택한 것은 이때 이탈리아 요리에 홀랑 매료되었기 때문이다. 테르미티 역 가까운 노점에서 사 먹은 복숭아 맛도 잊을 수 없다. 로마에서 사흘 묵은 뒤 열차로 남이탈리아의 발리로 가서 알바니아의 수도 티라나로 날아갔다. 묵은 곳은 차로 약 한 시간 더 들어간 아드리아 해에 면한 리조트 지역이었다.

알바니아의 풍경은 지금껏 어디서도 본 적이 없었다. 기후가 건조해서 나무는 드문드문 나 있다. 따라서 초록이 적다. 흙이 많아서인지 먼지도 많다. 걸어 다니는 여성 대부분은 터번을 두르고 있다. 낙타도 자주 보인다. 건물은 낮고 흰색이다. 음식도 많이 달랐다. 마리가 그때의 체험을 남겼다.

열네 살 여름, 부모님과 함께 알바니아 해안에서 한 달을 지낸 적이 있다. 그곳 숙소에서 묵은 첫날 아침에 나온 우유를 한 모금 마신 나는 "웩, 이게 뭐야!!" 했다. 강렬한 암내가 코를 찔렀다.

"염소젖이래." 어머니 말에 당장에 하이디를 떠올리곤, '틀림없이 맛있을 거야. 당연히 맛있을 거야' 하고 주문을 외웠으나 그 냄새와 맛에는 거부반응을 일으켰다. 코를 잡아 쥔 채로 남은 것을 간신히 마셨다.

그래도 하이디와 클라라, 피터는 그렇게나 맛있게 마셨으니 아마도 식습관 때문일 거야, 하고 스스로 타일렀다. 그렇다면 익숙해질 환경으로는 딱 좋은 셈이다. 아무튼 알바니아에 묵는 동안, 어느 숙소를 가든 밀크, 치즈, 요구르트 등 나오는 모든 유제품마다 암내가 풍겼다. 한번은 생크림을 듬뿍 바른 먹음직한 쇼트케이크가 디저트로 나와서 기쁜 마음에 덥석 베어 물었다가 얼마나 비릿하던지 당장 뱉은 적도 있다.

—「하이디와 염소젖」『미식견문록』

마리가 적은 대로 염소나 양의 우유며 치즈와 고기가 자주 나왔다. 파이 반죽으로 양고기와 야채를 말아 튀긴 요리도 있었다.

파이 외에도 밀가루 반죽을 쓴 요리가 많았던 것 같다.

가지, 토마토, 오이 등 채소도 듬뿍 나왔다. 채소가 부족하기 쉬운 체코에서 왔으니 어머니는 대단히 좋아했다. 나는 양이나 염소 냄새가 그리 거슬리지 않았다. 처음 먹는 것도 많아 매일 무슨 요리가 나오나 끼니때마다 식당에 가장 먼저 와서 즐거운 마음으로 기다렸다. 그러나 마리는 역하다며 별로 내켜하지 않았다.

그해 11월, 우리는 5년 만에 귀국했다. 중국 정부 초대로 북경 광동을 거쳐 돌아오는 경로였다. 당시 중국으로 가려면 모스크바가 아니라 이르쿠츠크에서 중국 비행기로 갈아타야 했다. 프라하에서 모스크바로 가서 하루를 묵은 뒤 이르쿠츠크로 향했다. 소련에 초대 받았을 때는 모스크바에 도착한 우리는 마중 나온 분의 정중한 안내로 크렘린 가까운 곳에 위치한, 아마도 제정시대 귀족의 은신처 같은 저택을 개조한 공산당 방문객 숙소의 스위트룸에 들었다. 그러나 이번에 마중 나온 사람은 분명히 하급 관리였다. 퉁명스럽게 안내받은 호텔은 비뚤어진 복도 끝 작은 방으로 보조 침대가 하나 놓여 있었다. 언니랑 내가 자기에는 너무 작아서 보조 침대를 하나 더 부탁해 들였고 이내 방은 발 디딜 틈도 없어졌다. 너무나도 달라진 그들 태도에 오히려 웃음이 나왔다.

이 호텔 레스토랑 메뉴에 우리가 좋아하는 펠메니(시베리아 풍 물만두)가 있어 주문했다. 그런데 프라하에서 먹던 쇠고기나

1964년 11월, 프라하에서 귀국 도중 들른 중국에서
오른쪽부터 어머니, 북경 시장 펑전彭真, 아버지, 마리, 유리,
마오쩌둥의 왼팔이라 불리던 정치가 캉성康生.

돼지고기가 들어간 것과 달리 이 집 만두소는 반듯하게도 시베리아풍으로 양고기가 들어 있었다. 당시 양고기에 거부감이 있던 마리는 가엽게도 별로 먹지 못했다.

북경에 도착하니 이번에는 깜짝 놀랄 정도로 환대를 받았다. 북경 으뜸가는 고급 호텔 '북경반점'에 묵으며, 만리장성(마리의 이름도 이 만리장성에서 따온 것이다)이며 판다가 있는 동물원에도 데려가주었다.

북경 오리고기를 먹고 북경 시장을 다니며 당 간부와 함께한 회식 자리도 매일 호화로웠다. 북경 다음은 광동이었다. 광동 어딘지는 모른지만 숙소는 마오쩌둥 별장인 듯했다. 우리는 그전에도 뒤에도 인생에서 그만큼 사치스러운 건물에 묵은 적도 없고 본 적도 없다. 부모님과 우리 자매는 스위트룸 두 개를 썼다. 단순히 그냥 넓은 정도가 아니었다. 방과 맞닿은 정원에는 연못이 있고 큰 침대는 커튼이 달려 있어 공주님 방 같았다. 아무튼 방이 너무 넓어서 용건이 있을 때마다 옆방 부모님에게 가는 것조차 큰일이었다. 방에서 식당까지 가는 것도 도중에 수영장을 지나야 하는 먼 길이었다.

어른이 되어 요리를 업으로 삼아 유럽의 고급 레스토랑이며 고급 호텔을 많이 보고 다녔다. 호텔에 머물지 않더라도 로비나 카페에는 들어갈 수 있다. 되도록 좋은 것, 좋은 서비스를 배우기 위해서다.

그러나 어릴 때 평등한 사회주의 체제라고 여겼던 곳에서 체험한 이런 사치는 시민사회 역사가 오랜 서유럽에는 존재하지 않았다. 있더라도 그런 사치는 일반 시민의 눈에 띄지 않는 곳에 숨어 있었다. 역시 소련은 망할 운명에 있었다고 본다. 숭고한 이상을 걸고 황제나 영주의 압정에서 인민을 해방시켰을 터나 새로운 권력자의 표본이 자신이 타도했던 군주였던 것일까.

다시 광동 식사 얘기로 돌아가보자. 세계적으로 유명한 중국 요리 중에서도 '식재광주食在光州'라 할 정도로 이곳은 미식으로 유명하다. 광동에서는 네 발 달린 것은 책상 외에 뭐든 먹는다는 말이 있을 정도로 모든 것이 식재료가 된다는 듯이 정말 갖가지 음식이 나왔다. 심지어 요리되기 전 뱀의 살아 움직이는 모습까지 보여주는 불필요한 친절까지.

마리는 여기서 두 손 들었다. 알바니아에서도 익숙지 않은 음식에 괴로워했으나 광동에서는 먹을 만한 게 죽밖에 없었다. 이 죽도 그야말로 기막히게 맛있었다. 중국 측에는 북경에서 먹고 온 음식이 너무 맛있어서 정신없이 먹다 보니 배탈이 났다고 해두었다.

마리는 미지의 것, 익숙지 않은 것은 못 먹었다. 먹을거리뿐 아니라 새로운 사태에 직면하면 지레 겁을 내어 망설였다.

마리의 '미지의 음식'에 대한 에세이가 있다. 통역을 하면서 얼핏 보게 된 소련 붕괴 전후의 세 정치가, 보수파 리가초프, 온건개혁파 고르바초프, 급진파 옐친이 본 적 없는 일본 요리 앞에서 보인 그들의 태도와 정치적 자세에 대한 상관관계에 관해서다.

그러고 보니, 러시아 주요 인사들의 통역으로 동행할 때 나도 모
르게 관찰해온 것이 있다. 그 결과 먹는 법과 삶의 방식, 성격에 일
정한 규칙이 있다는 사실을 알게 되었다.

러시아인 대다수는 일본 음식을 태어나서 처음 먹어보는 경우가
많다. 특히 일상적으로 어패류를 거의 먹지 않는 내륙에서 온 사람
들에게는 생선회며 초밥이며 오징어 같은 것을 먹는 데 상당한 용
기가 필요한 도전이다. 음식은 자기 몸속으로 들어가는 것이니, 처
음 보는 음식을 먹을 때는 무의식적으로 본성이 나온다. 그 사람의
호기심과 경계심 사이의 균형감각이 드러나고 마는 것이다. 미지
의 것에 얼마나 마음을 열고 있는지를 볼 수 있는 리트머스지 같은
역할을 한다고 할 수 있겠다. (중략)

이들 세 사람의 경우는 낯선 음식을 받아들이는 정도와 정치에
대한 혁신성의 정도가 우스울 정도로 정비례했다. 물론 세계 각국
에는 보수적인 식생활을 하는 혁명가도 있을 테고, 희한한 음식을
즐기는 보수정치가들도 있을 것이다. 그래도 그 사람이 본질적으
로 보수적인지 혁신적인지를 점치기에는, 미지의 음식에 대한 태
도를 보는 편이 혈액형보다 훨씬 더 잘 맞을 것 같다.

—「미지의 음식과 성향」『미식견문록』

나는 언니가 어떤 누구보다 자유로운 정신의 주인이요, 그렇

게 되도록 스스로 노력도 했다고 생각한다. 그러나 언니는 미지의 음식에 대해서는 결코 용감하지 못했다. 마리의 이 가설은 언니 자신에게는 해당하지 않았다. 어린이 때부터 마리가 보여온 미지의 경험에 대한 신중함은 첫째로 태어난 아이들의 공통점이 아닐까.

나는 많은 외국인과 식사를 해봤지만 의외로 프로 요리인들이 오히려 일본 요리를 받아들이지 못하는 경우가 많았다. 성격, 태어나 자란 환경, 호기심, 불안감, 자신의 식문화에 대한 자긍심 등 여러 요인이 모여 음식에 대한 태도를 규정한다. 사상의 본질까지 부연하는 것은 조금 비약이 아닐까.

광동 요리의 식재료는 그야말로 희한했지만 맛은 담백해서 먹기 수월했다. 중국 여행의 마지막은 열차를 타고 들어간 홍콩이었다. 차창으로 보이는 중국 풍경은 지금까지 살아온 유럽과는 전혀 달랐다. 논이 펼쳐져 있고 산세며 나무들도 낯설었다. 희미하게 기억나는 일본 풍경과는 비슷한 듯했지만 그보다는 참으로 웅대했다.

이제 국경에 닿았다. 한 쪽으로 중국 오성홍기, 또 한 쪽에는 영국 유니언잭이 펄럭인다. 우리는 조금 긴장했다. 모스크바 열차로 국경을 지날 때 경험은 했지만 사회주의에서 자본주의로 그것도 식민지 땅으로 가고 있으니. 그렇게 홍콩으로 들어갔다. 온갖 색이란 색이 서로 뽐내듯 등장했고 건물은 높으며 형태가 제멋대로였다. 소박한 사회주의 국가뿐 아니라 여름에 갔던 이탈리아와도 전혀 달랐다. 이것이 식민지인가 싶은 생각이 들 정도로 눈앞에 펼쳐진 어수선함을 이해하려고 애썼다.

다음 날 일본항공을 타고 일본으로 향했다. 기내식으로 나온 김밥 등의 일본 요리가 맛있었고 승무원들도 체코나 소련 비행기보다 훨씬 친절해서 우리는 일본으로 돌아간다는 기쁨을 만끽했다. 하네다 공항에서 집으로 가는 길, 각양각색 네온사인이 번득이는 도쿄의 밤이 홍콩이랑 똑같아서 혹시 일본도 식민지인가?라는 생각이 머리를 스쳤다.

그로부터 50년이 지난 지금, 열한 살 때의 그 느낌이 그리 틀리지 않았다는 생각이 든다.

아버지의 요리, 어머니의 요리

아버지는 요리를 할 줄 아셨다. 구제고등학교旧制高等学校고등교육이 대중화되기 이전의 대학교 교양 과정에 해당하는 고등교육기관으로 1950년에 폐지됨 재학 중 사회주의에 눈을 떠 운동에 가담한 이유로 퇴학 처분을 받은 아버지는 그로부터 패전까지 16년이나 지하운동을 했다. 그때부터 생활에 필요한 잡일은 뭐든 할 수 있게 된 듯하다.

아버지는 별로 말수가 없어서 고생담은 물론 불평도 늘어놓지 않았다. 그러나 우리는 아버지의 지하운동담을 듣는 것이 정말 좋았다. 그 얘기들은 모험소설이나 스파이 영화 같아 몇 번을 들어도 두근두근했다.

예를 들어 고문으로 상처받은 운동가를 고향 홋카이도로 데려다주고 상처가 아물 때까지 돌봐주셨단다. 그곳은 홋카이도

오타루라는 곳으로 아버지는 거기서 엘리베이터 수리공을 하며 생계를 꾸리셨다. 당시 홋카이도는 생선이 잘 잡혔고, 특히 청어는 양동이로 살 정도로 쌌다고. 어느 날, 동지들과 모였을 때 사찰이 들이닥쳐 지붕을 타고 도망간 적도 있다고 했다. 이런 집회는 1분 1초를 다투게 된다. 약속 시간에 늦는 사람이 있으면 모임이 들키기 쉽다. 반대로 이때 늦게 오는 자는 스파이일 가능성이 크다. 따라서 시간은 언제나 반드시 지켜야 한다고. 아버지는 크게 노하거나 남 탓을 하는 분이 아니지만 시간만큼은 엄하셨기에 우리는 커서 '데이코쿠^{정각定刻과 제국帝國이 같은 발음 주의자}'라며 놀렸다.

옛 친구나 동지들이 아버지를 숨겨주었거나 도와준 얘기며, 당시 온 일본을 누비며 도망 다닌 이야기와 함께 사상적으로 별 관심이 없던 친구 분에게 도움을 받았고 오히려 동지라고 여겼던 인물에게 배신당했던 일도 있었단다. 따라서 무엇보다 중요한 것은 인품이라고 말했다.

놋대야 하나로 얼굴도 씻고 조리도 했단다. 아버지는 가명도 많이 썼다. 어머니를 만날 무렵의 이름은 히로세 테츠오^{弘世哲夫}(세상에 철학을 널리 전파한다는 뜻으로)였다. 그래서 마리는 『올가의 반어법』^{마음산책, 2008}의 주인공 이름을 히로세 시마라고 지었다. 어머니는 그 무렵의 아버지에 대해 "상하이에서 방금 왔나 싶을 정도로 깔끔한 양복 차림인가 하면 광부 모습을 보일 때도 있어 만날 때마다 다른 인상이라서 '수수께끼 히로세' 씨라 불렀지"라고 말했다.

부모님이 사귀게 된 것은 1941년의 일이다. 몇 해 전부터 좌파 운동에 대한 탄압이 점점 심해져 공산당은 괴멸 상태가 되었다. 아버지도 다른 활동가와 연락이 일체 끊겼다. 지원해주던 일고—高제1고등학교의 준말, 지금의 도쿄대학인 제국대학의 예비과로 전국의 수재가 모이는 곳이었다 시절 친구 동생 분과 함께, 수학을 잘하셨던 아버지는 중학생 대상 수학 문제풀이 통신 첨삭을 해주는 '육영사育英社'라는 학원을 열었다. 이 친구 분이 이와테 현 출신으로 그 인연으로 화가 마츠모토 슌스케도 훗날 여기에 합세했다.

도쿄여자고등사범학교(현 오차노미즈 여자대학교)에 입학한 어머니는 여학교 시절부터 친한 친구와 함께 이 육영사에서 아르바이트를 하게 되었다.

아버지의 일고 시절 절친 가운데 후쿠시마 현 다이라의 탄광주 아들이 있었다. (공산당) 비합법 시대 때 아버지를 경제적으로 지원해준 분이다. 이 시기 아버지는 때때로 이 친구 집 광에서 자며 기력을 회복하고 돈도 얻어 오셨다. 광부 옷이며 깔끔한 슈트도 여기서 받은 것이리라.

아버지의 요리에 대해 마리가 글을 썼다. 프라하에 살던 시절 어머니가 장기 출장 가셨을 때 아버지가 대량으로 만든 스튜에 관해서다.

……어느 날 밤, 스튜에 도전한 것까지는 좋았는데, 쇠고기를 1킬

로그램이나 넣어 큰 냄비가 넘칠 정도로 양이 많았다. 더구나 밀가루 분량도 너무 많아 스튜라기보다는 풀 덩어리처럼 되어버렸다. 아버지는 이 풀 덩어리를 세 국자 정도 떠서 작은 냄비로 옮긴 뒤 물을 더 부어 그럭저럭 스튜처럼 만들어주셨다. 맛도 괜찮아서 나는 더 먹었을 정도다.

그래도 큰 냄비에는 그 '스튜 풀 덩어리'가 한가득 남아 있었으니, 다음 날도 그다음 날도 저녁 식단은 같았다. 그런데도 요술처럼 냄비 속은 전혀 줄지 않았다. 스튜가 상하지 않도록 아버지가 매일 데우면서 물과 밀가루를 더 넣어 조절했기 때문이다.

"이젠 질렸어요. 보기도 싫어요."

드디어 나흘 만에 나와 여동생은 불만을 터뜨렸다. 그런데 아버지 왈, "무슨 말, 옛날에는 일본이며 유럽에서도 시골에서는 10년을 하루같이 같은 걸 먹고 살았단다. 폴란드 시골에 가면 지금도 이렇게 스튜를 만들어놓고 한겨울을 난다더라" 하신다.

이는 아마 당신 스스로에게 하신 위안의 말이었나 보다. 다음 날부터 우리에게는 다른 요리를 해주셨지만, 아버지는 한 달 뒤 큰 냄비가 빌 때까지 나머지 스튜를 계속 드셨다.

　　　　　　　　　　　　―「태생이냐 환경이냐」『미식견문록』

아버지는 대식가로 어머니가 요리를 만들면 언제나 양이 적은 것을 불만스러워했다. 따라서 당신이 당번일 때는 뭐든 많이 만들었다. 언니도 나도 이틀 만에 이 스튜가 싫증나서 아버지는 우리에게는 다른 반찬을 만들어주었지만 아버지는 풀 덩어리 스튜를 매일 물을 더해 묽혀가며 없어질 때까지 전부 드셨다는 것은 마리가 쓴 대로다.

그래도 실패한 요리는 그 스튜 정도였고 평소에는 언제나 맛있는 요리를 만들어주었다. 아버지는 기막히게 간을 잘 맞추었다. 흔한 볶음밥조차도 아버지가 만들면 범상치 않은 맛이 된다. 내가 좋아한 것은 수프 조림이다. 베이컨, 양파, 감자 등을 소금 간으로 졸인 것이다.

"이건 중학교 때, 하숙하던 교장 선생님 댁에서 먹던 거"라 했다. 아버지는 돗토리에서 오카야마로 조금 들어간 곳에 있는 치주라는 마을 재력가 집에서 1909년에 태어났다. 그러니 거의 대부분의 아이들이 진학하지 않을 시기에 돗토리 중학교에 들어가 교장 선생님 댁에서 하숙할 수 있었던 것이다. 아무리 그래도 백 년 전에 수프라니 신식이다. 지금은 흔하지만 토마토도 이 댁에서 처음 알았다고 했다.

아버지는 손에 물 묻히는 것도 좋아했다. 설거지며 빨래도 자주 했다. 조금 밉상스럽게 말하는 버릇이 있는 어머니는 아버지를 아라이구마미국너구리. 먹이를 씻어 먹는다고 '씻는 곰'이라는 의미로 붙여진 이름라고 불렀다. 온 집안의 쓰레기를 모아 마당에 구덩이를 파서 태우는 것도 아버지가 했다. 뭐든 몸 사리지 않고 솔선하여 조용히 처리하는 분이었다. 늘 이론을 따지는 어머니가 "화학적인 더러움은 몸에 해롭지만 물리적인 더러움은 별로 나쁘지 않으니까 그다지 신경 쓸 필요 없어"라며 청소 안 하는 핑계를 대면 언니와 내게만 들리는 목소리로 "어머니는 저렇게 말하지만 청소는 매일 하는 거란다"라며 나서서 청소를 했다.

덧붙이면 부모님의 의견이 서로 다를 때면 우리는 대개 아버지 편이지만, 청소를 멀리하는 것은 어머니를 닮아버린 모양이다.

어머니 미치코는 집안일보다 공부나 밖에서 일하는 것을 좋아했다. 외가는 이시카와 현 미카와 출신으로, 어머니가 태어날 무렵은 도쿄 아사쿠사에 살고 있었다. 어릴 적 어머니에게 "외할아버지는 무슨 일을 하셨어요?" 하고 물으면 "여러 가지 하셨지만 실업자야"라고 답했다. 실제로 와세다대학을 졸업한 후 외무성에 들어가셨지만 다투고 나온 뒤로 다른 곳에 취직하기도 했으나 금방 그만두기를 되풀이한 듯하다. 그리고 외할머니에게 폭력을 휘둘렀다. 어머니가 아직 초등학생일 무렵, 네 살 아래 외삼촌과 어머니를 두고 외할머니는 집을 나가버렸다. 외할아버지가 집에 안 계실 시간을 봐가며 가끔은 자식들을 보러 오신 모양이다. 여학교 때 친구가 "당시의 미치코는 남자는 신용하지 못한다면서 장래에도 절대로 결혼은 안 할 거라며 장담했었어"라며 내게 일러주신 적이 있다.

어머니는 여학교에는 입학했지만 상급 학교 진학은 경제적인 이유로 포기했다. 어머니가 공부를 좋아하는 것을 알고 있던 담임선생님께서 사범학교라면 장학금도 나온다고 추천한 모양이다. 그래서 어머니는 사범학교에 진학할 수 있었던 것이다.

어머니와 외가가 그 뒤에 어디서 살았는지 직접 들은 적은 없으나 어머니는 사범학교 시절, 무리하신 때문인지 결핵을 앓게 된 외할머니를 모셔와 나카노에 집을 빌려 같이 살면서 간호했던 사실을 여학교 때부터 친하게 지내는 친구 분께 들었다. 그 분은 어머니와 함께 육영사 아르바이트를 했으니 당시 우리 부모님을 잘 알고 있었다.

"이타루 씨는 어디서 구했는지 어머님께 드리라며 약을 구해다 주셨어. 그때 이미 러브였던 거겠지?"

외할머니는 어머니가 스물한 살 때 마흔두 살이라는 젊은 나이로 돌아가셨다. 초등학교 때부터 정해진 직장이 없는 외할아버지와 아직 어린 남동생을 위해 온 집안일을 맡아야 했기 때문일까. 아니면 열심히 공부해서 여자라도 혼자 살아갈 수 있도록 능력을 쌓아야 한다고 마음먹은 때문일까. 우리가 알고 있는 어머니는 가사보다 공부나 돈벌이를 훨씬 좋아했다. 순수하게 지적 호기심도 왕성했다. 전쟁 뒤, 여자에게도 4년제 국립대학의 문호가 열리자 도쿄대학을 목표로 잡은 모양이다. 그러나 바로 그때 아버지와 연애를 막 시작하던 참이라 "도쿄대에 가는 것보다 나랑 결혼하는 게 낫다며 부추긴 아버지에게 속은 거야"라곤 하셨다.

패전 2년 뒤, 결혼한 지 얼마 안 된 아버지는 그 무렵 공산당 신문인 〈아카하타〉의 기자였으나 공산당 책임자로서 고향인 돗토리로 돌아가 출마하기를 명령받았다. 부모님은 돗토리 현 중심부 니시마치에 작은 단독주택을 빌려 신혼을 꾸렸다. 여기가 당 사무소로 쓰였고 그러는 사이 몇 명은 같이 살기도 했다. 몇 년 전 나는 돗토리에서 그때 알고 지내던 분께 부탁하여 당시에 대해 이야기를 들을 기회를 얻었다.

"나 참, 지금 같으면 어림없는 얘기지만 그 좁은 신혼집에 떼거리로 몰려가서는 포개 잤지. 부인도 힘드셨을걸. 밥하러 시집온 거 아니라고 부부 싸움도 했을 테지. 그러나 당을 위해서, 혁명을 위해서라며 억지로 납득시키고 말이지."

돗토리 현의 명가 출신으로, 이름이 알려졌던 아버지는 앞에서 썼지만 중의원 국회의원 선거 후보로서 어머니와 함께 뛰어다녔다. 당시 동료와 함께 1990년에 만든 소책자에 기고한 어머니의 글을 인용해본다.

또한 돗토리 중부의 산간 동네 공민관을 가득 채운 연설회에서 생긴 일이다. 내가 정부의 국가 예산을 분석한 것을 칠판에 잔뜩 써가며 말하고 있는데 촌장님이 "질문!" 하시며 손을 들더니 "미치코 님은 이타루 님 남자다움에 반한 거요, 아니면 그 사상에 반한 거요?"라며 내게 물었을 때였지요. 청중이 와, 하고 터진 웃음의 도가니 속에서 제가 빨개져서 대답했지요. "아 네, 둘 다인 것 같습니다." 또 한 번의 웃음바다. 시골 아주머니들이 숫자만 늘어놓는 내 딱딱한 설명에 싫증을 느낀 걸 알아챈 촌장님의 슬기에 머리가 숙여지는 경험을 했어요.

—「청춘의 발자취」

아직 전기도 안 통하는 마을 곳곳을 찾아다닐 때, "요네하라 댁 새아씨를 다 뵙게 되다니" 하며 무릎을 꿇는 사람도 있어서 깜짝 놀랐다는 말을 어머니께 들은 적이 있다. 이 문집을 읽으니 당시 젊은이가 새로운 사회를 만들고자 했던 열기가 전해진다.

아버지가 선거에 당선되어 국회의원이 되자 두 분은 도쿄로 돌아왔다. 어머니는 덴엔초후에 있는 교회로 프랑스어를 배우러 다녔다. 그 뒤에도 어머니는 좋아하는 공부를 평생 계속했다. 프라하에 가서도 안정을 찾을 틈도 없이 프랑스어 공부를 다시 시작했다. 성과가 있었는지 곧 회의 통역도 맡게 되었다. 쉰 살이 넘어서도 야마구치 마사오 '중심과 주변'의 이론으로 유명한 문화인류학자의 책을 읽고 인류학에 흥미를 느껴 야간 청강생으로 도리츠대학교에 다닌 적도 있다. 아버지가 돌아가신 뒤에는 프랑스에 2년 동안 유학하며 프랑스어를 더 배우셨다. 언니도 나도 흥미 대상에 대해서는 열심이지만 공붓벌레는 아니다. 우리 둘 다 정리정돈 잘하는 아버지도, 공붓벌레 어머니도 닮지 않았다. 원래 물은 낮은 곳으로 흐르는 법이니까.

어머니는 뭐든 따지기 좋아해서 집안일은 잘 안 해도 뭘 가르치는 것은 잘했다. 당신은 물에 안 들어간 채 딸들에게 수영을 가르쳤다. 고등학교 때 수영부에 들어가 보니 어머니가 가르쳐 준 헤엄이 배우는 것과 그리 다르지 않았다. 요리도 몇 가지밖에 배우지 않았지만 반드시 이치를 설명해줘 이해하기 쉬웠다. 사범학교 가정학과 출신인 까닭도 있어 "무는 디아스타아제가 들어 있어서 소화에 좋아"라든가 "당근은 기름으로 조리하는 편이 영양가가 높아진단다" 등의 영양학 지식을 과시하려 했으나 "요리는 영양학과는 달라" "그런 말을 들으면 음식 맛이 없어지잖아" 등 가족들에게는 불만을 샀다.

솔직히 어머니 요리는 아버지 요리만큼 맛있지 않았다. 어릴 적 외할머니가 집을 나가버려서 집밥 맛도 모르고 요리도 배우지 못했기 때문이 아닐까 싶다.

어머니는 일이 너무 바빠서 우리 자매에게 여자다운 예절이며 귀국 자녀들에게 결여되기 쉬운 일본인이 가져야 할 상식을 가르치지 못한 것에 대해 문득 반성하곤 했다. 늘 하지 않더니만 어느 여름 불현듯 '선조를 기리는 향불 행사盆の迎え火'를 시작한다거나, 입춘이며 동지에 메기 대가리를 대문 앞에 걸고 콩을 뿌리는 전통 행사를 따르려 했다. 그러다가 갑자기 "흥, '복은 집으로 도깨비는 밖으로'라니, 사상이 배타적이라 좋지 않군" 하며 도중에 그만둬버린다. 그래도 매년은 아니지만 전통 행사를 치르는 법, 창호지며 벽지를 바르는 법, 다다미를 뒤집어 말리는 법 등 대강의 살림법을 가르쳐주었다. 어머니에 대한 마리의 평은 이렇다.

그에 비해, 어머니 쪽은 관념적이랄까 철학적이랄까…… 심지어 비판정신이 왕성하셨지요.

텔레비전에서 스모 중계를 하잖아요. 스모 선수 이름이 '아오바

야마青葉山'라고 하면 "홍, 뻔하지 뭐. 센다이 출신이란 말이잖아센다
이는 350년이나 이어오는 아오바야마 축제로 유명하다. 하여튼 안이하게 이름 짓
는 센스하고는"이라네요(웃음). 이렇게 일일이 독설을 해요.

　　—「퀴리 부인을 꿈꾼 어머니」『평생 인간 수컷은 안 키울래』분게
　　　　이순주, 2007

　이렇게 소개하고 보니 따지기 좋아하고 어딘가 모난 사람처
럼 보일지 모르지만 어머니는 수다스럽지도 않고 화가 많지도
않은 안정된 분이었다.

　안정되어 있지만 건망증 명인이기도 했다. 그것도 가장 중요
한 것을 잊는다. 수험생 때는 수험표를 잊고 가셨단다. 비 오는
날 우산을 잊는 것은 기본이다. 해외로 가면서 여권이며 비행기
표를 두고 나가기도 했다. 프라하에 살 때, 루마니아 회의에 간
어머니가 집에 돌아온다는 소식에 공항까지 마중 나갔던 아버
지는 혼자 돌아왔다. 루마니아에서 같이 있던 일본인 참석자의
여권과 바뀌는 바람에 체코에서 비행기를 타지 못했던 것이다.
상대방이 루마니아에서 아직 이동하지 않은지라 다행히도 여권
을 쉽게 바꿀 수 있어 그나마 이튿날 돌아올 수 있었다. 일본으
로 돌아와서도 어머니는 1년에 대여섯 번은 외국에 나갔지만 우
리 가족 누군가는 반드시 집에서 대기하고 있어야 했다. 하네다
공항까지 어머니의 명을 받아 잊은 물것을 갖고 뛰어가야 했기
때문이다. 전에 살던 마고메에서 하네다 공항까지는 그나마 좋

왔다. 이제 국제공항이 나리타로 이전했으니 제시간에 맞추기는 어림도 없다.

어머니는 철학을 좋아했다. 전쟁 말기에 사범학교를 졸업하여 도치기 현 마오카 여학교에 생물 교사로 부임했을 때 일이다. 당시 제자들 말로는 수업 가운데 칸트 등 철학자 말을 자주 인용했단다.

재미있는 것도 좋아했다. 흉내 내기를 좋아해서 집에 누가 왔다 가면 그 사람 흉내를 곧잘 냈다. 채플린 영화를 보고 오면 그 걸음걸이를 흉내 내 보여주었다. 이노우에 히사시며 츠카 고우헤이 작품이 재미있다고 알려준 것도 어머니였다.

어머니의 밉상스러운 말버릇 때문에 마리도 나도 어릴 적엔 상처를 많이 받았다. 둥근 얼굴형인 언니에게 "마리 얼굴은 쟁반에 눈코가 붙은 거 같아"라거나 가무잡잡한 나에게는 "유리의 다리는 검으니까 무다리가 아니라 간장병이네" 말하곤 했다. 코 옆에 여드름이 났을 때는 "코에 여드름이 났으니 콩이네" 하며 놀렸다.

독설가 마리는 혀로 화를 부른다고 '설화舌禍미인'이라는 소리를 들었으나 어디로 보나 모전여전이다. 그래도 어머니에게는 조금 밀린다.

이런 어머니가 잘하는 요리는 '네덜란드식 가지 졸임'이다. 가지에 매운 고추를 넣어 기름에 볶다가 육수, 간장, 설탕으로 졸이는 것이다. 이게 정말 맛있었다. 요리책에서 '고야 두부高野

豆腐두부를 얼려 말린 보존 식품의 네덜란드 졸임'이라는 레시피를 발견한 적이 있다. 이쪽은 물에 불린 고야 두부를 기름에 튀긴 다음 육수로 졸인다. 기름을 쓰니까 네덜란드 요리일까 하고 막연하게 생각했는데 10여 년쯤 전에 네덜란드식 가지 졸임이 이시카와 현 가가加賀 지방에서 자주 먹는 반찬이라는 것을 알게 되었다. 어머니에게도 외할머니에게 배운 요리가 있었다는 뜻이리라.

내가 참 좋아하는 언니 사진

프라하에서 돌아와 얼마 지나지 않아 어머니는 체코에 있을 때부터 관여했던 일본 부인 단체 연합회에서 매일 일하게 되었고 아버지도 그지없이 바쁜 나날을 보냈다. 따라서 우리 집 식사는 요일마다 당번을 정했다. 중학생인 마리와 내가 일주일에 두 번씩, 나머지 세 번을 부모님이 맡으셨다. 당번인 날은 학교에 다녀오면 가까운 상점가로 장을 보러 나갔다.

걸어서 이 분 거리에 마고메 시장이 있고, 역을 향해 가다 보면 그대로 에바라마치 시장으로 연결된다. 두부집, 정육점, 생선 가게, 채소가게, 건어물집, 국숫집, 그 무렵은 닭이며 달걀 전문 닭집, 장어와 미꾸라지며 재첩 등을 파는 민물생선 가게도 있었다. 모치 과자점과 와가시和菓子일본 전통 과자 가게(이 집에서 아버지는 단 콩이며 이시고로모石衣팥소 설탕과자를 사곤 하셨다), 케이크 집 (의사의 지시로 감량을 해야 했던 아버지는 서점에 가는 척하며 여기 찻집에서 몰래 파르페를 드셨다), 주점, 반찬가게 등 식료품만 해도 이렇게나 많은 가게가 있었고 뭐든 구할 수 있었다. 에바라마치 시장은 5가 붙은 날에 큰 장이 열린다. 포장마차며 노점상이 많은 여름 저녁, 친구들과 자주 놀러 나갔다. 지금은 오코노미야키라 하면 오사카 쪽의 기름진 맛이 주류가 되었으나 그 무렵 도쿄의 포장마차에서 파는 오코노미야키는 얇은 반죽에 건더기도 적고 소스도 묽었다. 그 담백하고 가벼운 맛이 그립다.

그런데 우리 자매들은 어떻게 요리를 배웠을까? 부모님이 옆에서 하나하나 가르쳐준 기억은 없다. 쌀 씻는 법, 육수를 내는 법은 배웠다. 시금치 삶는 법은 아마도 어머니가 가르쳐준 듯하다. 그러나 그 외에는 그럭저럭 어깨너머로 배운 것 같다.

어느 날 아버지는 『반찬 365일』이라는 책을 사왔다. 이 책은 우리 가족에게 많은 도움이 되었다. 우리는 요리에 재미가 들어 요리책을 도서관에서 빌리거나 헌책방에서 사곤 했다. 도이 마사루 씨의 책, 이이다 후유키, 『생활의 수첩』이며 요리 기사로 열심히 배웠다. 토란을 살짝 삶은 뒤 육수와 소금 간으로 졸인다거나, 시로미소일본 된장은 재료와 발효 방법에도 많은 종류가 있지만 색으로 나누면 흰색(시로)미소, 빨간(아카)미소로 불리는 짙은 고동색, 이 둘을 섞은 흔히 보는 된장색으로 나뉜다를 조미료와 섞어 초된장을 만들어 버무리는 누타ぬた 등 손이 많이 가는 요리에도 도전했다. 사실은 책략이었지만 그때

마다 부모님은 유별나게 칭찬해 우쭐한 우리는 주 두 번이었던 요리 당번을 세 번이나 맡기도 했다.

당번 날은 각자가 만들고 싶은 것을 만들기로 했다. 피를 나눈 자매지만 우리는 입맛이 달랐다. 감자가 재료라면 마리는 튀기고 싶어했고 나는 삶거나 삶아 으깬 것을 즐겼다. 생선도 익히는 쪽을 즐기는 나와 달리 언니는 튀김을 선호했다. 어려서부터 마리는 튀김요리를 좋아했다. 말년에 내가 사는 가마쿠라로 이사 온 언니와 장을 보다 마주칠 때면 장바구니에는 어김없이 튀김 재료가 들어 있었다.

도쿄에 사는 사람에게 손꼽을 만한 커틀릿 집을 고르라면 메구로에 있는 '동키'가 아닐까. 마리도 이곳을 좋아해 오랜 해외 출장에서 돌아오면 메구로 본점이나 지유가오카 지점으로 달려가곤 했다. 도쿄에서 자랐지만 돗토리에서 취직과 결혼을 한 사촌이 도쿄에 가끔 올 때도 맨 먼저 '동키'에 들른 다음에야 본가로 향할 정도다. 같이 살지도 않으면서 몇몇 사촌들과 마리의 입맛은 이렇게나 비슷했다. 미각에도 유전적인 요소가 있는 것일까.

병을 얻은 뒤 항암제 부작용으로 식사가 어렵던 언니가 어느 날 갑자기 '동키'의 포크커틀릿이 먹고 싶다고 조르는 바람에 도우미 분께 부탁드려 일부러 전철을 타고 가서 사오기도 했다. 마리는 늘 즐기던 로스가 아닌 그나마 부드러운 등심으로 일인분이나 맛있게 해치웠다.

1984년 말에서 이듬해 2월까지, 언니는 두 달에 걸쳐 세계에서 가장 기온이 낮다는 시베리아의 사하 공화국을 취재하는 텔레비전 프로그램 팀 통역으로 동행했다. 이 취재는 작가 시이나 마코토 씨가 중심이 되었다. 이를 계기로 우리는 시이나 씨의 책을 읽기 시작하곤 얼마나 재미있던지 그의 매력에 폭 빠져버렸다. 같이 일한 마리가 먼저 읽고 나면 내게 돌아온다.

시이나 마코토의 에세이 『애수의 마을에 안개가 내린다』에 공동생활을 하던 젊은 날의 시이나와 그 지인이 가츠돈돈가스덮밥을 만들어 먹는 일화가 있다. 그 대목을 읽는 순간 더 이상 글을 읽을 수가 없었다. 가츠돈이 눈앞에 어른거려서 어찌할 도리가 없었다. 다행히 낮이었기 때문에 식당에 전화를 걸어 가츠돈을 주문했다.

"빨리 부탁드립니다!"

급하게 소리쳤던 것 같다.

그로부터 2~3일 뒤 여동생이 뭔가 결심을 한 듯 쌀을 씻어 전기밥솥에 걸더니 서둘러서 장을 보러 달려 나갔다. 재료를 갖춘 뒤 단숨에 가츠돈을 만들어서 한 번에 다 먹어치웠다. 예상대로 『애수의 마을에 안개가 내린다』에서 같은 대목을 읽고 참을 수가 없었다고 고백했다. (중략)

더구나 이럴 때는 개인적 성향의 차이도 생긴다. 가츠돈을 가게에 주문해서 해결한 나와 달리 처음부터 직접 만든 여동생은 현재 요리 교실을 운영한다.

—「칼럼-안 먹을 수 없잖아」『러시아 통신』마음산책, 2011

분명히 그날 마리는 갑자기 소바 집에 전화해서 가츠돈을 시켰더랬다. 이 무렵, 우린 성인이 된 사회인이다. 집에 있을 때는 아침과 저녁은 같이 먹었지만 점심은 각자 내키는 대로 먹었다. 마리는 가끔 배달 음식을 시켰으니 그날도 딱히 이상하다는 생각은 못 했다. 그저, 하여튼 진짜 튀김 좋아한다니까, 정도였다.

밤이 되어 시이나 씨의 그 책이 내 차례로 돌아왔다. 그리고 이틀 뒤 나는 아침부터 장을 봐서 가츠돈을 만들어 먹었다. 그걸 본 마리는 "거봐, 유리도 먹고 싶어졌지?"라며 기쁜 듯이 말했다. 책을 읽다가 이처럼 쓰여 있는 음식이 참을 수 없이 먹고 싶어진 적은 별로 없다.

이 전말을 쓴 에세이에서 언니는 우리 자매가 영화나 책 속 음식에 곧잘 자극을 받아 요리를 만들거나 먹은 예를 소개하고 있다.

열한두 살 무렵 〈10월의 레닌〉이라는 흑백영화를 보았다. 우리 가족은 당시 체코슬로바키아의 수도였던 프라하에 살았는데, 그때 여동생과 함께 재在프라하 소비에트 대사관 부속 8년제 학교에 다녔다. 모든 수업을 러시아어로 하는 곳이었다. 영화는 그 학교에서 상영되었다.

주제와 줄거리는 전혀 기억나지 않지만 한 장면만은 지금도 망막에 서려 있다. 레닌이, 아니 그보다는 레닌 역할을 했던 배우가 또 한 명의 혁명가와 열심히 토론을 하면서 막 쪄낸 감자를 먹는다. 화로에 걸려 있는 냄비에서 뜨거운 감자를 꺼내 신문지 위인지 어디 위인지에 놓고 껍질을 벗기고 칼끝으로 단지 속에서 소금을 퍼내 감자 위에 뿌리면서 삶은 달걀과 오이피클을 반찬 삼아 아무렇지도 않게, 하지만 정말로 맛있다는 듯 먹었던 것이다.

그날은 학교에서 서둘러 돌아와 여동생과 둘이 감자와 달걀을 삶았다. 그 뜨거운 걸 화상이라도 입을 듯 급히 껍질을 벗긴 뒤 레닌처럼 칼끝으로 퍼낸 소금을 뿌려서 코끝에 땀방울을 맺어가며 마구 먹었다. (중략)

문호 고골의 초기 걸작 『디칸키 근교 농촌 야화』를 영화화한 옴니버스 작품을 봤을 때도 나와 동생은 똑같은 반응을 보였다.

주인공이 동굴 속 마법사 할머니에게 부탁을 하러 찾아간다. 할머니 앞에는 큰 그릇에 산처럼 쌓인 펠메니(시베리아풍 물만두)가 있다. 막 삶아내서 김이 피어오르고 있다. 할머니가 코끝을 찡긋찡긋 움직이면 펠메니가 하나씩 녹은 버터 항아리 속으로, 그다음엔 사워크림 항아리 속으로 퐁당퐁당 빠진 뒤, 마지막으로 할머니 입속으로 들어간다.

이 영화를 본 날도 집에 뛰어들어가 그 성가신 펠메니 요리에 일사불란하게 달라붙었다. 밀가루 반죽을 해서 발효한 후 밀대로 늘려서 동그랗게 찍어낸다. 그리고 푸줏간으로 달려가서 사온 쇠고기와 돼지고기를 다져내고 양파를 잘라서 날달걀을 넣은 후 소금과 후추로 간을 해서 속을 만든다. 말가루 피에 속을 넣고 쪄내기까지 꼬박 두 시간이 걸린다.

이럴 때 우리 자매의 이인삼각 활약은 우리 스스로도 놀랄 정도로 훌륭하다고밖에 표현할 수 없다. 쓸데없는 동작은 단 하나도 없다. 진지함 그 자체다. 일사불란은 이런 것을 가리키는 게 아닐까? 음식에 대한 열정적인 모습에 있어서는 틀림없이 피를 나눈 자매라 할 것이다.

실제로 우리는 먹는 장면에 대해서는 특별나게 반응했던 것 같다. 레닌이 나오는 영화에서 마리가 에세이에 쓰고 있는 삶은 감자 장면을 나는 아직도 선명하게 기억하고 있다.

우리는 만두를 정말 좋아했다. 시베리아 펠메니도 중국식 만두도 자주 만들었다. 체코에 있을 때 중국대사관에서 보여주는 뉴스 영상에서 나온 만두 만드는 장면을 잊을 수 없어 나는 그 흉내를 내봤다. 만두 반죽을 몽둥이 모양으로 늘려 빚은 다음 2센티미터 정도로 뜯어내서는 손바닥으로 두드려 대략 원형으로 꼴을 잡아 작은 밀대로 한 장씩 밀어낸다. 이 밀대는 도서관에서 빌린 중국요리 책을 바탕으로 조사해 목공 도구를 파는 집에서 20센티미터 막대기를 몇 개 잘라 직접 사포질을 해서 만두용으로 장만한 것이다.

그러나 마리는 원래 이렇게 해야 한다는 정석에 구애받지 않았다. 반죽을 테이블 가득 민 다음 밥그릇 뚜껑으로 단숨에 찍어 나간다. "이봐, 이게 빠르잖아"라고 말하는 합리주의자다. 뭐, 여기서 자매의 다른 삶이 이미 예견된지도 모르겠다.

하지만 만두를 좋아하는 취향은 같아서 가마타에 '니하오'가 생겼을 때는 자주 같이 갔다. '니하오' 주인은 중국 잔류 고아태평양 전쟁 후 외국에 남아 있던 일본인 가족들 출신이다. 그는 귀국사업이 시작되자마자 다롄에서 귀국한 뒤 솜씨를 발휘하여 이 가게를 연 것이다. 신문에 난 작은 기사로 개점한 것을 알고 가깝기도 해서 마리랑 같이 가보았다. 우리가 정말 좋아하는 물만두뿐만 아니라 다른 요리들도 맛있었다. 무엇보다 가격이 좋았다. 마리도 나도 손님이 오면 "우리 집 게스트하우스에 가시죠"라며 안내했다. 요즘 크게 유행하고 있는 날개 달린 만두도 시작은 이 '니하오'부터였다.

언니는 통역 일로 중국에서 소련에 걸친 만두의 뿌리를 찾는 TBS일본 지상파 방송사의 취재에 동행한 적이 있다. 귀국 뒤 "여행 프로에 나오는 어떤 예능 연예인보다 내가 훨씬 맛있게 먹는다고 스태프에게 칭찬받았어"라며 기쁜 듯이 보고했다.

옆에 있으니 통역 일이 얼마나 고된지 잘 알고 있다. 부럽다고 여겨본 적은 한 번도 없지만 이때만큼은 나도 가보고 싶다는 생각이 들었다.

만두며 펠메니를 즐기는 내가 입덧을 할 때 고골 영화의 그 장면이 갑자기 떠올라 속이 메스꺼운데도 불구하고 반죽을 해서 펠메니를 만들어 먹은 적이 있다. 그렇지만 이 『기리기리진』에 관한 장면은 마리의 창작임을 밝힌다.

이노우에 히사시의 『기리기리진』의 도입부로, 주인공인 후루하시 겐지가 주먹밥과 갓 짜낸 우유를 대접받는 대목이 있다. 한밤중이었지만 나는 책을 덮고 부엌으로 가서 쌀을 씻고 밥을 지었다. 물론 주먹밥을 만들기 위해서였다. 갓 짜낸 우유는 없으니 냉장고에 있던 시판 제품으로 만족할 수밖에 없었다.

당시 홋카이도에서 학창 시절을 보내던 여동생도 같은 책 같은 대목에 마음이 동해 나와 같은 행동을 했다고 한다. 동생은 홋카이도에 있었으니 우유도 갓 짜낸 것에 가까웠을 것이다.

글에서 둘은 주먹밥과 방금 짠 우유에 반응한 것으로 되어 있다. 그리고 그 무렵 나는 홋카이도에 있는 걸로 나온다.

그러나 『기리기리진』이 나왔을 때 나는 홋카이도대학을 이미 졸업하고 이탈리아에 있었다. 이노우에 히사시의 팬이었던 나는 이 대작 출판 소식을 듣고 당장 읽고 싶어 친구에게 무리한 부탁이었음에도 항공편으로 받기까지 했다. 귀국 뒤 역시 이미 이노우에 팬이셨던 어머니와 함께 정말 재밌다며 추천해서 마리도 이노우에 작품을 읽기 시작한 것이다.

그건 그렇고 이 장면을 정정하고 싶은 것은 사실 나는 우유를 별로 안 좋아해서 우유를 그대로 마시지는 않기 때문이다. 더욱이 밥이랑은 결코 묶일 수 없는 조합이다. 아들 학교에 '급식으로 밥과 우유를 같이 먹게 하는 것은 식문화를 파괴하는 것이니까 그만두었으면 한다'며 제의했을 정도로 이 조합은 내게는 정말로 '아니올시다'였다.

특히 데운 우유는 더 괴롭다. 카페오레, 코코아, 터키홍차는 좋아하지만 차우더며 크림스튜는 만들지 않는다. 아들이 보육원에 다닐 때 생일에 먹고 싶은 거 말해보라며 뭐든 만들 수 있으니까 다 만들어주겠다고 했더니, 고른다고 고른 게 하필이면 '크림스튜'여서 난처했다. 결국, "이거야말로 프랑스식 정통 스튜란다"하고 생크림과 달걀노른자로 마무리하는 프리카세를 만들어주었다. 아들은 맛있다고는 했지만 불만이 좀 남아 있는 듯했다. 좀 더 큰 다음에도 만들어 달랬지만 그때는 "난 싫어. 먹고 싶으면 가르쳐줄 테니 직접 만들어보렴" 하며 내쳤다. 아들아, 용서하렴.

그럼에도 그 글에서 언니가 『기리기리진』에 대해 일부러 나를 언급한 것은 나와 결혼해준 히사시 씨에 대한 경의랄까 자매애 때문이라고 여기고 있다.

거의 말년이었으려나, 마리가 흥분한 목소리로 전화를 걸어온 적이 있다.

"〈굿바이 레닌〉을 봤어. 굉장한 영화니까 꼭 보렴."

동서 독일의 통일을 둘러싼 가족 이야기였는데 정말 재미있는 영화였다. 같은 동유럽이라 그런지 그려진 동독의 일상이 우리가 지낸 체코랑 많이 닮아 있었다. 영화에서 주인공 어머니가 학교에서 교사로 일하는 모습이 나오는 장면 가운데 동독 아이들이 노래를 부르고 있다. 프라하 학교 학예회에서도 동독에서 온 아이들이 노래를 부르곤 했다. 남녀 혼성 몇 명이 부르는 맑고 듣기 좋은 화음이었다. 영화 속 노랫소리가 프라하에서 들었던 것과 똑같았다. 게다가 아이의 복장이며 살고 있는 아파트 구조 등등 그리운 모습이 많이 나왔다.

영화를 보고 난 뒤 언니 집에서 이 영화에 대해 수다를 떨었다. 그리고 둘 다 마음에 걸린 것은 통일 뒤 질 좋은 서독 제품에 밀려 눈 깜짝할 사이에 자취를 감춘 동독 식품에 대해서다. 특히 피클이다. 아마도 어딘가 모자란 밍밍한 맛이었으리라. 오이 크기도 삐뚤빼뚤했지 아마. 경쟁이 심한 소비사회에 오래 있다 보면 그런 경쟁력 없는 제품이 오히려 그리워진다.

내가 참 좋아하는 사진이 한 장 있다. 마리가 시베리아 취재에 동행했을 때 찍힌 스냅 사진이다. 욕실에 쭈그려 앉아 젓가락을 든 채 요리를 하고 있다. 변기와 비데가 조리대 역할을 하고, 풍로는 타일 바닥에 있다. 잘 보면 오징어를 튀기려 한다. 오랜 취재 여행으로 본인도 동행인들도 일본 요리가 그리워진 것이리라. 삶는 것도 굽는 것도 아닌, 하필이면 튀김을 하는 것을 보니 아마도 언니 스스로가 먹고 싶어서겠지. 무척 몰두해 있는 얼굴이다.

마리는 어릴 때부터 무언가에 골몰하면 이런 표정이 된다. 어떤 생각에 잠길 때, 뭔가를 하고 있을 때면 대단한 집중력을 발휘하여 그 외에는 아무것도 눈에도 귀에도 들어오지 않게 된다. 그리고 나는 이런 얼굴일 때의 마리가 정말 좋다.

시베리아에서 튀김요리를 하는 마리(ⓒ 야마모토 고이치 山本晧一)

요네하라 마리가 시인이었을 때

대학생 때 언니는 곧잘 시를 쓰곤 했다. 대학을 홋카이도로 가버린 동생에게 보내는 편지 끄트머리에는 언제나 시가 달려 있었다.

어린 시절 우리가 5년간 다녔던 체코슬로바키아의 프라하 소비에트 학교에서는 많은 시를 암송해야만 했다. 문학 수업은 물론이요 다른 수업이며 여름 캠프에서조차 시를 외워서 낭송했다. 학예회 프로그램에는 반드시 시 낭독이 있었고 친구들과도 즉흥으로 연시조처럼 이어 지으며 놀았다. 내용은 별 거 없이 그저 선생님 흉을 보는 자질구레한 일상이었지만.

이처럼 시는 생활에 녹아 있었다. 대학생 시절 언니는 19세기 러시아 시인 네크라소프 연구로 대학원에 진학하려고 했기에

시에 대한 연구도 깊어졌다. 마음속 깊은 곳에서는 작가가 되려는 꿈을 품고 있었으나 그 무렵 마리는 시에 심취해 있었다. 그러니 편지 끝에 덧붙여 시를 쓰는 것은 자연스러운 결과였던 것이다.

언니가 내게 쓴 편지는 극히 사적인 것으로 둘밖에 모르는 일도 많아 이렇게 공표한다는 것은 상상도 못했다. 그러나 '유리이카(유레카)!'다. 시와 비평 잡지 〈유리이카〉 아닌가.이 글은 〈유리이카〉 2009년 1월호에 실린 것이다. 이 글에는 대학원 시절 마리가 쓴 시평도 함께 실리게 되었으니 여기서 발표하지 않으면 마리의 시는 영원히 내 서랍 깊숙한 곳에서 잠든 채 잊히리라. 이해하기 어려운 몇 곳은 해설을 붙이기로 하고 용기를 내어 여러분께 학생 때의 언니를 보여드리기로 한다.

언니는 나를 우이슈, 우이슈르라고 불렀다. 우이쟈, 우이슈르랑은 이 변화형이다. 유아기의 나는 내 이름 유리를 발음하지 못해 우이, 우이짱이라고 말한 것에 유래한다.

우이슈르가 집에 오는 날의 노래
우이슈르 돌아온다 소식 들은 날
발걸음도 룰루랄라 가슴 벅차네
샬라라라 콧노래 절로 흐르고
나도 몰래 싱글벙글 헤벌쭉하네
뾰로통 볼멘 얼굴 겨울 해님도

어느새 사르르 볼에 와 녹고
파르르 심술 맞은 겨울바람도
살랑살랑 흥겹게 속삭여주네
이제 곧 집에 온대 우이슈르랑
아이 신나 우리 유리 우이슈르랑
단 하나 내 고민은 졸업 논문
책 속의 글들이 팔랑거리고
새하얀 원고지가 눈부시구나
연필도 들썩들썩 어깨춤 추네
우리우리 우이슈르 아직 안 오나?
어서어서 우이슈르 빨리 오거라
따르릉 전화 소리 뛰쳐나가서
무작정 전화기에 "우이슈르니?"
귓가에 되돌아온 낯선 첫소리
"여보쇼 거그 삼실 아잉교?"
곧이어 들려온 딩동 소리에
현관문 열어젖혀 뛰어나가니
"안녕하심까, 쌀집임다아"
못 참겠다 꾀꼬리 마리바리바아
안절부절 써 내려간 이 마음이여
아무리 서툰 시라 놀려도 좋아
솔직한 이 내 마음 알아주려나

언니 마리

우리우리 우리슈르 빨리 오거라

어서어서 돌아와라 우이슈르랑

　　　　　　　　　　　　　　　　—마리바리바아 시

　마리바리바아는 우이슈르랑의 리듬에 맞춰 내가 언니에게 붙여준 애칭(특히 시에서의 호칭)이지만, 이 무렵 마리 느낌이 잘 나타나 있다고 보인다. 마리는 내게 도롱롱이라는 이름도 덧붙여주었다. 키우던 고양이 비리도 시 속에서는 비리땅땅이 되었다.

　앞에서 썼듯이 우리 자매는 소녀 시절 5년을 체코슬로바키아에서 보냈다. 아버지는 공산당 간부로 프라하에 있는 공산주의 운동 이론 잡지 〈평화와 사회주의의 제 문제〉 편집국에 일본 대표로 부임했다. 전임자가 귀국 직후 하네다 공항에서 체포된지라 아버지는 요네하라 이타루라는 이름을 숨기고 오야마 지로라는 가명을 썼다. 신분도 일본 공산당 대표로는 위험해서 겉으로는 과학 아카데미 동양 연구소 연구원 명목으로 프라하에 부임했다. 솔가해 간 프라하에서 소비에트 학교에 다니게 된 우리도 오야마 성을 쓰기로 했다. 아야—마(오야마를 러시아인들은 이렇게 발음했다) 성에, 내 이름으로 여겨지지 않는 마아리와 유우리로 불리며 말 한마디 통하지 않는 곳에 처해지게 된 것이다. 다른 아이들과 의사소통이 되기까지 반년 동안 우리는 쉬는 시간이 되면 복도로 뛰쳐나와 서로의 모습을 찾았다.

　부모님은 다른 나라에서 열리는 회의 등에 가셔야 할 때가 많

재수 시절 아버지와 함께
마고메 집 뜰에서.

마리가 고등학생이었을 때
아버지가 선거에 입후보해서 찍은 가족사진.

아 두 분의 출장이 겹치게 되면 우리는 학교에 부속된 기숙사로 들어갔다. 이미 언어 소통도 자유로웠고 학교 생활도 정말 즐거웠다. 그러나 기숙사는 학교랑은 전혀 달라 큰 방 양쪽 벽에 침대가 줄지어 놓여 있을 뿐, 복도며 샤워실도 어두컴컴해서 우리는 조금 외로웠다.

귀국하자 이번에는 일본의 학교와 생활에 적응해야 하는 새로운 어려움에 부딪혔다. 이렇게 조금 특별한 체험을 공유해서인지 자매끼리만 통하는 것이 많았다. 그럼에도 하나 있는 이 철없는 동생은 대학에 진학한답시고 지방으로 가버렸으니, 마리는 이런 놀이 시로 떨어져 지내는 외로움을 내게 알리고자 한 게 아닐까 하는 생각이 지금 와서야 든다.

아 참. 우이슈르랑이 가버린 날 새로운 시를 써봤거든. 이번엔 작풍이 좀 바뀌었지?

우이슈르 떠나간밤
온방안이 썰렁토다
비리땅땅 슬슬슬금
이불속에 들어오네

시조로 해봤어. 하나 더, 이건 비 오는 날 지은 노래야.

도쿄외국어대학교 재학 시절의 마리.

우이슈르랑은 도로롱롱

바깥의 빗님은 또로롱롱

창문을 두드리며 또로롱롱

떠나고 없구나 도로롱롱

한두방울 백만방울 또로롱롱

그 속에 너 있을까 도로롱롱

창 너머 밖에선 또로롱롱

마리바리바아는 소설가보다 시인이나 되어볼 거나. 그럼 빨리
돌아와라.

편지에 쓴 대로 언니는 소설가가 되고 싶어했으나 시 쪽에 소
질이 있을지 모르겠다고 나조차도 여기기 시작했다.

다음 인용에 나오는 우로치라파는 어머니다. 허둥대고 건망
증이 심한 어머니는 언제나 뭘 흘렸고 여기저기 찾으러 다녔다.
느긋한 성격인 아버지는 슬로우몬피라는 별명이 붙여졌다.

우리 자매는 이렇게 놀 때가 가장 즐거웠다. 사이가 좋았지만
서로의 연애사를 나누는 일은 없었다. 그건 다른 친구들로 족했
으니까. 말장난하며 시를 짓고 농담하는 것이 좋았다.

우이슈르의 편지가 얼마나 짧았으면 슬로우몬피는 봉투를 탈탈
털어보거나 봉투에 눈을 대고 들여다보기까지 했다고. 우로치라파에

의하면 작가는 속에서 끓어 올라오는 걸 차곡차곡 써 나가야 하니까 마리바리바아는 편지를 쓰라고 하시네. 내가 그럼 시는? 하고 물으니 시인은 시의 뮤즈가 내려와주는 걸 얌전하게 기다려야 한대.

근데 말이야, 이 시의 뮤즈가 요즘 도통 마리바리바아에게 내려와주지 않으셔. 우이슈르에게 보내는 편지에 덧붙일 시를 쓰려고 해도 뭐 하나 떠오르지 않아서 쥐어짜내고 있는 중이야. 그래서 이번에는 현대시 풍으로 써볼게(리듬 없이).

아니다. 너는 비리탕탕이 아니다.
그러나 우이슈르의 웃는 얼굴이 보이지 않는다면
너처럼 결 고운 고양이가
퍼져 자는 건 수치다
그보다도 더 큰 수치는
마리바리바아가 우이슈르를 그리는 슬픔에 젖어 있는 와중에
시궁창 쥐새끼 시체를 물어 오는 것이지.

정말로 시의 뮤즈가 내려와주지 않는 모양이다. 이 시의 첫 부분은 레르몬토프의 '아니, 나는 바이런이 아니야. 나는 다른 사람이다'와 비슷하고, 그다음 편지에 덧붙인 시도 하이네가 떠오른다. 이 무렵부터 언니는 대학원 진학 준비로 바빠졌고 그사이 나는 대학을 졸업해서 도쿄로 돌아왔다. 내가 돌아옴으로써 언니의 짧은 시인 생활도 끝이 났다. 2년 후 내가 오사카로 가고

나서는 짧은 엽서는 가끔 보내왔지만 시가 달려온 적은 없었다.

이미 각자의 인생이 움직이기 시작한 것이다. 세상 겁 없던 나는 민낯으로, 외로움 많이 타고 조금 겁 많은 언니는 짙은 화장과 화려한 의복을 걸치고 독설과 야설이라는 무거운 갑옷을 둘러 사회로 한 발 나아갔다.

재수 시절의 마리(오른쪽).
유리가 고등학교 2학년 설날에 흔치 않은 기모노 차림을 하고
동네 남의 집 훌륭한 문 앞에서 몰래 촬영했다.

직업은 무용수

소비에트 학교에서는 무용 수업이 있었다. 러시아인은 춤을 대단히 좋아하는 민족이다. 이탈리아 오페라 가사에 '우리 이탈리아인은 노래한다. 러시아인이 춤추는 것처럼'이라는 구절도 있지만 그들은 뭐만 하면 춤을 추기 시작하고 또 춤을 잘 알고 있다.

일주일에 한 번, 올가 모리소브나라는 나이가 지긋한 여선생님이 이 수업을 담당했다. 이 선생님에 대해서는 마리가 『올가의 반어법』마음산책, 2008이라는 소설에서도 다루었다. 멋쟁이지만 분가루가 폴폴 날릴 정도로 화장이 짙고 입이 걸고 다리가 아름답고 춤을 잘 췄다. 클래식한 춤뿐만이 아니다. 모던한 폭스트롯 같은 것도 멋있게 추었다.

수업에서는 마주르카나 왈츠, 탱고 등을 배웠다. 어릴 적 발레에 빠져 있었던 마리는 이 무용 수업을 참 좋아했다.

학예회 목차에는 반드시 춤이 들어가지만 특히나 마리는 나서서 지원했다. 춤을 좋아하는 학생들이 모여 선생님께 과외 수업을 부탁하러 갈 때도 당연히 마리도 참가했다.

따라서 일본으로 돌아와 학교에서 체육 수업에 댄스를, 그것도 체육 교사가 가르친다는 사실을 우리는 믿기 어려웠다. 춤은 예술이지 체육이 아니니까.

도쿄외국어대학교에 들어가자 마리는 민족무용연구회를 만들었다. 각국 대사관에 찾아가서 배우기도 하고 자료를 받거나 하며 춤을 배워 왔다. 그 춤을 여러 대학 축제에 다니며 춰 보였다. 친구 결혼식에서 추기도 했다. 의상은 사진을 참고해 직접 만들어 입었다. 마리는 큰 그림을 대담하게 잡는 것은 잘했지만 구석구석 꼼꼼한 작업은 어려워했다. 아니 신경조차 쓰지 않았다. 꿰맬 시간이 모자라면 호치키스나 박스테이프로 대강 붙여 두었다. "뭐 어때. 객석에선 안 보이잖아"라며.

대학원을 나오고 나니 춤출 기회도 장소도 없어졌다. 마침 통역 일도 바빠진 터였다. 그러나 아마도 1985년의 국세조사 때였을까. 서류를 써낸 뒤 마리는 "직업란에 '무용수'라고 썼지롱" 했던 게 기억난다.

여러 나라 무용에 흥미를 가지고 연구해온 언니였지만 특히 관심을 가진 것은 러시아 무용과 헝가리의 차르다시였다.

초등학교 2학년 때,
마리는 볼쇼이 발레단에 매료되었다.

대학 시절, 친구 결혼식에서 마리는 춤을 추었다.
페르가나 춤이었던가.

한편 프라하에서 이미 시작된 마리의 가구 배치 변덕은 귀국 뒤에도 한참이나 계속되었다. 그러다가 언젠가부터 그 짓은 멈추나 했더니 이번에는 집 도면을 그리기 시작했다. 정확하게는 방 배치도다. 광고 뒷면이나 부모님의 논문, 원고지 뒤 등등, 아무튼 이면지로 쓸 만한 온 집 안의 종이를 모아 살고 싶은 집의 배치도를 그려댔다. 공부하고 있나 들여다보면 대개는 도면을 그리고 있었다. 부동산 광고가 들어오면 "아니지, 이건 이렇게 하는 게 좋아" 하고 중얼대며 광고 도면을 수정해 나갔다.

지인 집에 다녀오면, 집에 오자마자 반드시 도면을 그렸다. 현관과 응접실 거실 외에는 화장실밖에 못 봤을 텐데 창의 위치로 보면 대개 감이 온다고 했다. 문외한이 봐도 도면 그리는 실력이 점차 좋아졌다. 나중에 그 집 사람에게 보여주면 배치대로 그려져 있을 때가 점점 늘어갔다.

그즈음의 마리는 건축가가 되고 싶어했다. 그러나 막상 시험이 닥치면 역시나 주저했다. 이과로 진로를 바꿀 용기가 없었던 것이다. 문과의 여러 학부, 학과 진학에 실패를 거듭하다가 삼수 끝에 러시아어로 응시가 가능한 도쿄외국어대학으로 방향을 잡아 합격했다. 스스로 선택한 이 결정에 마리는 상처를 받았더랬다. 러시아어를 할 수 있는 것은 그저 부모님 일로 외국에서 살았기 때문이요, 내 선택과 노력의 결과가 아니라고 생각했기 때문이다.

이런 사고방식은 나도 마찬가지였다. 어릴 적 살았던 그곳의 개인주의 영향인지도 모르겠다. 부모님을 정말 사랑하고 존경하지만 나는 다른 분야에서 승부하고 싶었다. 그래서 잘 하지도 못하면서 이과로 간 것이요 나중에는 지식인 부모와 달리 손을 써야 하는 요리를 직업으로 삼았다. 단순히 먹보라서가 가장 큰 이유였지만.

홋카이도에 있는 대학교로 들어간 나를 보며 마리는 '역시 긴 인생, 내가 좋아하는 걸 해야 해. 난 건축가가 될 거야. 다시 시험쳐볼래' 하는 결심을 적은 엽서를 보내왔으나 결국 실현되지는 않았다. 마리는 자신의 일이 되면 결단력이 없어진다.

도쿄외국어대학을 졸업한 뒤 언니는 일단 작은 출판사에 다니다가 1년 뒤, 도쿄대학 대학원에 입학하여 학부 때 졸업논문 주제였던 19세기 러시아의 시인 네크라소프 연구를 계속하게 되었다.

대학원에 다닐 무렵부터 마리는 〈현대 러시아어〉라는 러시아어 학습자를 위한 잡지의 편집에 관여하게 되었다. 이 잡지에 언니가 담당하게 된 러시아 요리점 '시부야 고로스키'의 여주인 나가야 미요 씨의 연재가 시작되었다. 매달 원고를 받으러 갈 때마다 그 집 요리를 대접받고 왔다. 대학을 졸업하고 도쿄로 돌아온 나는 이 일이 어찌나 부럽던지 매번 집에 돌아온 마리를 붙들고 오늘은 무슨 요리를 얻어먹었는지 물어댔다. 그리고 회를 거듭할수록 언니가 먹고 오는 양이 많아져갔다. 펠메니에 보르시치에 치킨커틀릿에 피로시키라든가 볶음밥에 양고기가 들어간 우즈베크풍 국수와 꼬치고기 등, 아무리 생각해도 한 끼로 먹기는 불가능해 보이는 메뉴다. 로고스키는 한 접시 양이 워낙 푸짐하기 때문이다. 나가야 씨나 종업원들이 마리의 먹성을 재미있어 했다고밖에는 설명이 안 된다.

〈현대 러시아어〉 편집 일을 통해 마리는 러시아어 통역사 도쿠나가 하루미 씨를 만나는 등 그 뒤의 인생에 큰 변화를 맞는 체험을 한다. 대학원 동문인 누마노 미츠요시 씨沼野充義체홉 번역가로 알려진 슬라브 학자와 함께 잡지 기획으로 '천성인어天声人語'〈아사히 신문〉 조간에 실리는 칼럼, 1904년 이래 1세기 이상 연재 중의 러시아어 번역에도 도전하고 있었다.

건축가의 길은 단념했지만 고교 때부터 시작된 집 도면 그리기 취미는 그 뒤에도 그치지 않고 계속되었다. 2000년 말, 가마쿠라에 짓게 된 집 도면도 언니가 그린 것이다.

고르바초프가 등장하며 소련에서 페레스트로이카가 시작되자 그때까지 일이 없어 무료함과 극빈생활을 하는 사람이 많던 러시아어 통역업계는 갑자기 활기를 띠게 되었다. 이때부터 소련 붕괴를 거치는 10년간, 마리는 정신없이 바빴고 또 엄청나게 돈을 벌어들였다. 언제 쓰러져도 이상하지 않을 정도였다. 예를 들어 방금 공항에 내려 집에도 오지 못하고 몇 시간 뒤에 다시 러시아로 향하기도 했다. 그렇게 해서 번 자금으로 가마쿠라에 큰 집을 지을 수 있었다. 통칭 '페레스트로이카 저택'이다.

이 집은 마리가 연구에 연구를 거듭하며 생각해낸 아이디어로 가득 차 있다. 부엌 벽 쪽으로 작은 문이 늘어서 있다. 여기를 밀어서 쓰레기를 던지면 벽 반대편 출구 쓰레기통으로 들어가게 된다. 문마다 음식 쓰레기, 재활용 쓰레기, 생활쓰레기로 나뉘어 있다. 이 아이디어 덕에 여름에도 집에 쓰레기 냄새가 나지 않는다.

2층 서재에는 책상에 앉으면 360도 손이 닿는 곳에 집필에 필요한 모든 물건이 있다. 머리를 들면 정원 대나무 숲의 푸르름이 눈에 들어온다. 게다가 사랑하는 견공들도 외부 계단으로 올라와 주인 작업실 바로 앞 베란다까지 올 수 있다. 욕실 옆 세탁기가 놓여 있는 곳에서 문을 열면 빛이 잘 드는 빨래 너는 곳으로 금방 나갈 수 있다.

언니는 편리한 아이디어나 합리적인 것을 고안하기를 좋아해서 늘 새로운 발명을 생각하고 있었다. 이 페레스트로이카 저택 벽에는 여행지에서 마음에 들어 사 온 그림이 걸려 있다. 그 가운데 몇 점은 N. V. 팔호멘코 작품이다. 언니는 이 화가의 그림을 책 표지로 쓰고자 했다. 작가의 양해를 얻기 위해 팔방으로 손을 써보나 찾을 수 없었다. 할 수 없이 모스크바 전화번호부에 적힌 팔호멘코라는 이름 순서대로 전화를 걸어 그를 결국 찾아냈고 써도 좋다는 허가를 받았다. 그 그림은 『가세넷타&시모넷타』『한밤의 태양』『올가의 반어법』『교양 노트』^{마음산책, 2010}의 표지를 장식했다.

마리가 좋아한 그림은 밝은 색조가 많았으나 공통되는 점은 고요함이다. 그림 취미는 드라마틱하지 않았던 모양이다.

　마리는 그림 그리는 것을 좋아하여 프라하에서도 일본에서도 학교에서 그림으로 칭찬을 들었다. 〈선데이 마이니치〉에 연재한 '발명 마니아' 삽화는 아라이 야요라는 가명으로 언니가 직접 그린 것이다.

　어릴 때 그림을 잘 그렸던 언니는 미술, 피아노를 배웠던 나는 음악, 이렇게 굳이 나눌 필요는 없었지만 대략 분담되어 여기가 내 영역이라는 느낌이 있었다. 그러나 훗날 이탈리아에 간 나는 르네상스 회화에 매료되었고 마리는 로스트로포비치 등 유명 음악가의 통역을 맡다 보니 어느새 음악을 많이 알게 되었다.

　병이 깊어져 글을 읽는 것이 힘들어지자 언니는 CD를 듣기로 했다. 음악에 조예가 깊은 히사시 씨가 처형을 위해 폭넓게 명곡을 골라주었다. 원래 무용을 좋아했던 마리는 춤추기 쉬운 리듬이 확실한 드라마틱한 음악을 좋아했다. 그러나 마지막 몇 달, 세계의 명곡을 섭렵한 뒤 "음, 역시 베토벤 시대가 좋았네. 깊이가 있어"라며 그지없이 보편적인 감상을 내놨다.

통역사 시절
여행지에서 아끼던 금빛 블라우스를 입은 마리.

언니의 화장법

대학원을 나오긴 했지만 정규직을 못 구한 채로 언니는 통역과 러시아어 강사로 약간의 벌이를 하고 있었다. 교도經堂도쿄에 있는 지명의 일소 학원(현 도쿄 러시아어 학원)과 오차노미즈에 있는 문화학원에서 수업을 맡았다. 그 문화학원의 제자들이 말한다.

"교실에서 기다리고 있으면 마리 선생님이 멀리서 오시는 걸 알 수 있어요. 콩콩 하는 하이힐 소리와 찰랑거리는 액세서리 소리가 함께 울리니까요."

아무튼 마리의 패션 감각은 독특했다. 언제나 가장 신경 쓰는 것은 색상이다. 언니는 얼굴이 흰 편이라 채도가 높은 선명한 색이 어울렸다. 그날 입을 옷 색이 정해지면 거기에 맞춰 옅거나 짙은 색으로 액세서리와 구두를 고른다. 구두는 반드시 하이힐로 굽이 10센티미터는 족히 되리라. 액세서리는 큼직한 귀걸이와 목걸이. 이것도 색으로 고른다. 비싼 보석에는 흥미가 없어 보였다. 금속 액세서리는 많았지만 금, 은, 백금 같은 귀금속이 아니다. '정조대'로 잘못 볼 정도로 크디큰 목걸이도 더러 있었다.

통역 일은 엄청난 긴장을 강요당한다. 따라서 스트레스도 클 것이다. 마리는 통역으로 얻는 높은 수입으로 통 큰 쇼핑을 함으로써 스트레스를 해소하곤 했다. 한 번에 100만 엔을 호가하는 쇼핑을 한 적도 있다. 그렇지만 고급 명품에는 관심이 없었다. 좋아하는 색을 중심으로 그럭저럭한 품질로 대량 사들이는 것이 마리 식이다. 액세서리며 구두며 아무튼 그 '대량'이라는 양이 엄청났다.

마리가 영면한 뒤 친구들에게 유품을 나누어주었다. 요새는 지나치게 높은 굽을 신는 사람이 거의 없다. 옷도 사이즈에 문제가 있다. 결국 가져가기 쉬운 액세서리 정도를 지인들이 나눠 가졌다. 그래도 아직 많이 남아 있어 백 명 이상 등록되어 있는 러시아 여성 통역사들이 나누면 되겠다고 통역협회에 보냈다.

색맞춤은 옷뿐만이 아니었다. 인테리어에도 색조를 맞췄다. 거실의 커튼, 소파, 쿠션은 녹색이요, 더불어 이 방을 꾸민 것은 숲을 배경으로 한 수풀 속 마을 그림이다. 부엌은 노란색으로 통일했다. 타일, 롤커튼, 의자뿐 아니라 냄비, 주전자, 프라이팬, 포트까지. 젓가락이며 밥그릇조차도 노란색이었다. 이 두 가지는 '100엔 숍'에서 샀다며 자랑했다. 한편 양식 그릇은 옛 동독이나 헝가리에서 사온 최고급 마이센이며 헤렌드를 쓴다. 이 언밸런스가 마리다운 대목이지 싶다.

언니는 맘에 드는 것이 이거다 싶으면 남이 뭐라 하든 신경 쓰지 않았다. 별로 흥미를 갖지 못하는 것에 대해서는 남의 눈, 상식적인 균형이 아니라 자신이 생각하는 합리적 이유로 고른다. 마이센 찻잔으로 홍차를 마시는 사람이라면 젓가락조차 그 급에 맞춰야 한다는 생각 따위는 없다. 달랑 100엔으로 원하던 노란색 젓가락을 살 수 있어 그저 기쁘단다.

색조 맞춤과 함께 색 수를 되도록 억제하는 것은 체코에서 배운 감각이다. 옷 디자인을 고를 때도 마리는 독특한 스타일을 고수했다. 우리가 지내던 무렵 유럽에선 여자의 몸은 나올 곳은 나오고 허리는 잘록한 것이 아름답다는 감각이 지배적이었다. 그 체형을 돋보이게 하는 옷을 멋있게 여겼다. 마리의 미의식 바탕은 여기에 있는 것 같다. 어깨는 넓고 몸 라인의 핏은 아름답게 살리고 다리는 길고 발목은 가늘게 보이도록 하는 것.

그 뒤 세계도 일본도 각양각색의 유행이 다녀갔지만 마리의 취미는 별로 바뀌지 않았다. 따라서 유행이 아니라도 어깨에 패드가 들어간 옷을 계속 입었다. 내가 "지금 그런 옷을 입고 다니는 사람은 미카와 겐이치짙은 화장과 화려한 옷과 거침없는 입담으로 유명한 남자 가수랑 미치코 사마(일왕비)밖에 없어"라며 놀려도 아랑곳없었다.

언니가 체코에 있었을 때가 아홉 살부터 열네 살까지로, 이미 사춘기였고 아마도 그런 미의식이 확립될 시기와 맞물렸으리라. 그러고 보니 남성에 대한 취향도 "엉덩이가 포인트지. 한껏 힙업 된 엉덩이!"란다. 이도 서양적이다. 농경민족 남자들의 엉덩이는 그리 올라붙어 있지 않다.

눈도 쌍꺼풀이 확실한 게 아름답다고 생각했다. 마리의 눈은 그린 듯이 반듯한 외까풀이었다. 그것이 늘 콤플렉스라 쌍꺼풀로 보이는 화장을 했다. 눈꺼풀 아래 반을 검게, 위쪽 반을 회색으로 칠한다. 어머니가 "얘야, 네가 거울을 볼 때는 위를 쳐다보니 쌍꺼풀로 보일지 모르지만 아래를 내려다보면 눈꺼풀이 검어서 무섭단다. 그런 화장법은 그만두면 어때" 해도 들은 척도 하지 않았다.

이처럼 쌍꺼풀로 눈을 크게 보이는 것에는 온갖 신경을 썼지만 그 외에는 민낯에 가까웠다. 피부가 고왔던 것도 이유겠지만 눈화장과의 밸런스도 있을 텐데 말이다. 뭐, 세안조차 귀찮아서 때때로 거르는 내가 할 말은 아니지만.

마리의 검정 눈 화장은 조금 옅어졌지만 40대까지 이어졌다. 어머니는 그런 언니에 대해, "마리는 19세기 러시아 연극의 등장인물처럼 드라마틱하네. 2층에서 내려올 때도 문을 쾅 닫고 계단도 쿵쿵거리며 내려오고, 게다가 그 모습으로 나타나니 말이지"라고 평했다. '좀 살살 다니거라'라는 말을 어머니는 이렇게나 많은 수사법을 동원했다.

마리는 목욕을 자주 했다. 이건 일본 사회에서는 극히 보편적인 일이겠지만 언니 외의 우리 집 면면은 그다지 목욕을 즐기지 않았고 오래 하지도 못했다. 그런데 마리는 매일 한 시간은 욕실에 들어가 있었다.

그런데 만년에 작가가 되고부터는 밖에 나갈 일이 줄어서일까. 언니도 그다지 목욕을 즐기지 않았다. 극단적인 사람이라 목욕을 안 한다 싶으면 일주일도 흔했다. 나는 내심 마리도 역시 우리 부모님의 자식이네 하며 '우리'에 들어온 것 같아 은근히 기뻤다. 아참, 그러나 요리는 청결이 우선이죠. 저도 요리를 하기 전엔 목욕재계를 합니다요.

덧붙이자면 작가가 되고부턴 언니의 패션도 바뀌었다. 일의 변화 때문도 있겠지만 개를 키우기 시작한 것도 영향이 있는 듯하다. 같이 산책을 가거나 놀아줄 수 있도록 운동화를 신고 운동복처럼 편한 옷으로 지내게 되었다.

"스스로 여자를 포기하는 차림을 해서는 안 돼"라며 주위에도 자신의 패션 미의식을 강요하던 사람이 이번엔 홈쇼핑 잡지를 가리키며 명령형으로 말한다.

"프리즈는 정말 편하더라. 너한테 잘 어울릴 테니 이 연두색으로 사렴."

술 대신 차

마리는 술을 찾는 습관이 없었다. 커피도 별로 안 마셨고 담배에 흥미를 가진 적도 없었다.

체코는 맛있는 맥주로 유명하다. 일인당 맥주 소비량이 세계에서 가장 많은 것도 있지만 동네 여기저기에 맥주홀 등 생맥주를 파는 가게가 흔했다. 대부분의 집에는 물주전자만큼 큰 맥주용 저그가 있어 식사 때면 근처 맥주홀이나 주류점에 가서 생맥주를 받아 왔다. 우리 집에도 흑맥주용과 백맥주용으로 두 개의 저그가 있었다. 손님이 와 맥주를 받아 오는 심부름을 가게 되면 다른 아이들이 그랬던 것처럼 돌아오는 길에 홀짝 훔쳐 마시는 게 나의 큰 즐거움이었다. 그러나 마리는 쓰다며 몰래 마시는 일은 없었다.

아버지도 어머니도 술을 즐기셨으니 손님이 올 때나 뭔가 명목이 생기면 식사에 술을 곁들였다. 어쩌다 해외라도 나가게 되면 3병까지 면세였던 당시 어머니는 언제나 코냑을 사 왔다. 취침 전 아버지와 한잔 마실 때 나도 가끔 끼곤 했다. 그러나 마리는 잔치 자리의 건배 정도가 다였다. 양조주는 내 몸에 안 맞는다며. 뒤에 마리와 보드카를 같이 마신 적이 있다는 사람이 몇이나 나타났으니 러시아 등 여행지에서는 마실 때도 있었을 것이요, 결코 술이 약하지도 않을 것이다. 그러나 스스로 술을 찾아 나선다거나 술 없이는 못 사는 부류도(부모님도 나도 이쪽) 아니다. 덕분에 마리가 선물로 받은 술이 내 차지가 되는 일이 많았다.

커피를 즐겼던 아버지는 집에 계실 때 여유가 있으면 커피 밀을 돌려 직접 콩을 갈아 커피를 내려주셨다. 어머니도 나도 그게 큰 낙이었다. 그러나 언니는 커피도 쓰다며 마시지 않았다.

부모님은 담배를 즐겼다. 아버지는 한때 하루에 백 개비나 피우다가 의사의 충고로 그나마 두 갑으로 줄였다. 그때 아버지가 하신 말씀이, "아버지는 머리가 너무 좋아서 곤란하거든. 그래서 담배를 많이 피워 머리가 조금 나빠져야 다른 사람과 얘기가 통해서 딱 좋단다"라나 뭐라나.

어머니는 내가 배 속에 있을 때 입덧이 계기가 되어 담배를 피우게 되었다 한다. 그때 좀 참아주었으면 내가 조금은 더 희고 똑똑했을지 모르겠다. 아버지도 어머니도 언제나 맛있게 담배를 피우셨다.

프라하에 살 때 부모님 담배를 몰래 꼬집어 동물원 뒤 봐둔 아무도 안 올 만한 곳에 친구들을 데리고 가서 피우곤 했다. 일본에 돌아와서도 중학교, 고등학교 때는 숨어서, 대학 시절은 당당하게 피웠지만 결국 맛있다고 느껴지지 않아 습관이 되진 않았다.

그러나 마리는 나와는 달리 장난삼아 담배를 피우거나 술을 마시거나 하는 아이가 아니었다. 딱히 모범생이라서가 아니다. 흥미를 갖지 못했을 뿐이었다. 언니는 흔히 보는 어른에 대한 반항으로 불량 놀이나 하는 평범한 아이가 아니었다. 남에게 나를 맞춘다는 것에 신경이 가지 않는 거라고 생각한다. 마리는 집안에서도 지극히 개성적이었다.

그런 마리가 마흔 살이 넘자 말차에 꽂혔다. 매일 우려낸 차와 함께 와가시를 즐겼다.

아버지는 돗토리 현 출신으로, 돗토리나 시마네에서는 지금도 일반 가정에서 말차를 흔히 마신단다. 돗토리의 친척 집에 가면 홍차나 커피를 마시듯 극히 자연스럽게 말차를 내왔다. 여름에는 차갑게 내오기도 했다. 평소 낯익은 것도 이유지만 말차에 꽂히게 된 결정적인 계기는 다음에서 인용할 통역 일 때문이 아니었나 싶다.

고르바초프가 등장하여 페레스트로이카가 시작되어 일본과 소련의 교류가 활발해지던 시기였다. 문화 교류의 일환으로 모 다도 명가의 후계자가 200여 명이나 되는 다도 사범들을 데리고 모스크바에서 큰 다회茶會를 열었다. 거기서 안내 책자의 번역과 동행 통역을 나에게 의뢰했다.

'그래, 일을 준비한다는 명목 하에 일본이 자랑하는 다도의 기본을 몸에 익혀보자. 일거양득이네, 호호호.'

솟아오르는 기쁨을 애써 감추면서 그 일을 받아들였다. 나 말고도 30여 명의 러시아어 통역가들이, "와, 일본문화를 소개할 수 있는 일이라니 멋지다!"라고 뛸 듯이 기뻐하며 일을 맡았다.

모스크바 다회는 매우 성공리에 끝났고, 그에 만족한 다도 후계자와 사범 일행은 두 번째 모스크바행을 결의했다.

첫 번째 다회에 동행했던 통역가들에게 다시 의뢰가 갔는데, 웬일인지 나를 뺀 나머지 전원이 거절했다. 이구동성으로 두 번 다시 다도 사범들과 동행하는 일은 사양하고 싶다고들 했다. 고객 가운데는 아주 건방지고 제멋대로인 사람, 염치를 모르는 사람, 방약무인인 사람이 있는 법인데, 다도 사범들에 비하면 누구라도 예의 바르고 상냥하다는 생각이 들 정도다. 숨 막힐 듯 우아한 기모노 자태와 몸가짐은 차를 달일 때뿐이고, 평소 모습은 함께 같은 자리에 있기가 어려울 만큼 덜렁이에 칠칠치 못하기 그지없는 족속이다. 이것이 수많은 직업인을 접할 기회가 있는 통역가들이 다도 사범들에 관해 갖게 된 견해였다. (중략)

"저건 일본의 자랑이 아니라 수치야, 수치."

동료의 이 말에 그 수위가 단적으로 드러나 있다.

그러나 그 덕분에 나는 처녀 때부터 가지고 있던 다도와 꽃꽂이에 대한 뿌리 깊은 열등감에서 해방된 셈이다.

차든 꽃이든 유파에 사로잡히지 말고, 맛있게 달이고 아름답게 꽂으면 되는 것이다. 그것을 위한 이론이나 틀을 몸에 익히는 것은 좋은 일이겠지만, 그 과정을 통해 덜렁거리고 칠칠맞지 못한 성격까지 고치려고 욕심을 부려서는 안 될 일이다.

—「다도와 꽃꽂이 수업」『문화편력기』

언니는 예법에 매이지 않아도 내키는 대로 우려 마시면 된다고 생각을 고쳐, 그저 즐기기로 한 것 같다.

또 하나의 계기는 고모와 한때 같이 살게 되었기 때문이라고 보인다. 같은 오타구 내에 사는 고모와 사촌이 집을 수리하게 되어 한동안 어머니와 언니가 살고 있는 친정에 머물게 되었다. 어머니에게 치매 증상이 슬슬 나타날 무렵이었다. 소련의 페레스트로이카 이래 마리는 통역사로서 그지없이 바쁜 나날을 보내고 있었고, 결혼하여 가마쿠라에 살던 나는 아들이 막 태어난 무렵이었다. 집에 혼자 있을 때가 많은 어머니는 밤이 되면 고독 속에 지내야 하는 불안을 견딜 수 없어 친구며 친척들 집을 찾아가 묵고 오는 날이 많아졌다. 배려가 몸에 밴 고모는 그런 일도 있어서 와주셨으리라.

이때의 몇 달 경험으로 마리가 많이 변했다고 나는 생각한다.

큰딸과 어머니 사이에 흔히 있는 일이라곤 하지만 사실 언니와 어머니는 별로 사이가 좋지 않았다. 언니는 어머니의 반 농담 독설에 일일이 상처받아 어릴 적부터 자주 반발했다. 마리는 극단적인 구석이 있어 한번 화를 돋우면 가라앉을 때까지가 힘들었다. 아버지와 나는 어머니보다는 요령이 있어 지뢰를 밟지 않으려고 애를 썼다. 아버지나 내가 같이 있었다면 완충재가 되었을 테지만 아버지가 돌아가시고 내가 결혼해서 나오고 나서는 집에 어머니와 언니밖에 없었던 거다. 집에 둘만 있을 때는 말도 별로 섞지 않았던 모양이다. 어머니의 상태가 나빠지자 마리는 내심 걱정스러워 내게 전화 상담을 하면서 필사적으로 병원을 찾곤 했지만 당장 얼굴을 맞대면 어머니에게 친절하지 못하고 걱정과는 반대로 모난 말을 내뱉곤 했다.

큰고모는 친척 모두가 의지하는 리더형 인물이다. 큰고모와 함께 지내면서 언니는 어머니에 대한 태도를 바꿨다. 반발할 대상으로서의 힘이 이미 어머니에게는 없고 자신이 지켜주지 않으면 안 되는 상대라는 것을 깨달은 것이다.

나중에 큰고모에게 언니에게 뭐라고 말했는지 물어봤지만, "난 아무 말도 안 했지. 나나 우리 애를 보면서 머리 좋은 아이니까 뭔가 느낀 거겠지"라는 답이 돌아왔다.

이 큰고모가 요리 명인이었다. 나 또한 고등학생 시절, 우리 집을 고칠 때 큰고모님 댁에서 한 달 정도 신세를 진 적이 있었다. 우리는 매일 저녁이 큰 즐거움이었다. 튀김요리는 식탁에 풍로를 올려 즉석에서 방금 튀겨낸 것을 먹게 했다.

큰고모와의 생활이 끝나자 마리가 만드는 요리도 바뀌었다. 튀기고 볶는 것이 많던 식사에서 삶고 절이고 찌는 요리가 늘고 육수도 정성 들여 우리게 되었다.

"고모는 말이지, 매일 살림을 하면서 식단을 신중하게 생각하셔. 끓이는 요리가 간장 맛이라면 무침 요리는 된장 간으로, 요리법도 겹치지 않도록 하시지. 진짜 섬세한 식단을 짜내셔"라며 일러주었다.

이 큰고모가 자주 녹차를 즐겼다. 녹차를 우리고 맛있는 와가시로 한숨 돌리며 기분 전환하는 것에 마리가 눈뜨게 된 것은 이때부터인 듯하다.

털북숭이 가족들

모리오카에는 여학교 이래로 둘도 없는 어머니 친구인 도다 유코 씨와 가족들이 살고 있다. 도다 씨는 전쟁 말기에 모리오카로 피난 가서 낙농업을 하는 분과 결혼하게 되어 그대로 이와테 현에 정착한 것이다. 우리 자매와 나이대가 비슷한 두 아들 케이와 준이 있어 도다 일가와는 어릴 적부터 자주 왕래하며 같이 놀았다.

체코로 떠나기 전에도 당시 도다 일가가 살던 다키자와 마을(현 다키자와 시)에 다녀왔다. 역까지 마중 나온 아저씨의 객마차 넓은 짐칸에 올라타 포장 안 된 울퉁불퉁한 길을 흔들리며 갔었다. 도다 일가는 종축장種畜場 안의 공관에서 살았다. 집 옆에는 닭장이 있었고 소나 말도 바로 가까이에서 키웠다. 우리는 날마다 목초 속에서 놀았다. 아침에는 방금 짜 끓인 우유를 마셔야 했다.

"마리와 유리는 우유를 좀 더 마시거라. 케이랑 준은 밥 좀 제대로 먹거라"라며 유코 이모에게 자주 꾸중을 들어야 했다.

유코 이모는 영어를 잘해서 전쟁 후 진주 미군 통역사로 고용되었다. 그 뒤 모리오카 등에서 영어 교실을 하고 근처의 신문이나 잡지에 에세이를 기고했다. 마리에게 유코 이모는 동경의 대상이었다.

언제나 멋진 모자를 쓰고 따뜻하고 차분한 색상의 옷을 즐겨입었다. 한눈에도 유코 이모라고 알 수 있는 자신만의 패션 스타일이 있었다. 집은 밝은 색감의 2층 양식집으로 정원에는 계절마다 꽃이 피고 담장에는 장미 넝쿨이 감싸고 있다. 마리가 참 좋아했던 그림책 『작은 집 이야기』 같은 분위기다. 집 안의 가구들도 모던하지만 아늑한 느낌을 주었다.

무엇보다 유코 이모의 이야기가 정말 재미있었다. 전쟁 가운데 어머니와 함께 아르바이트를 간 곳에서 아버지를 만났으니 우리 부모의 첫 만남을 잘 알고 있었다. 부모님께는 직접 듣지 못할 얘기도 밤에 우리 방으로 와서 몰래 해준 적도 있다.

이 집의 책장에는 소설이 많이 꽂혀 있었다. 그 가운데는 애거사 크리스티 작품도 즐비해 몇 번 방문하면서 독파했다. 당연히 마리는 크리스티뿐 아니라 다른 책들도 모조리 읽었을 것이다.

마리는 열여덟 살 때, '마르크스 일가의 진실 게임'이라는 놀이에 빠져 있었다. 진보초神保町도쿄의 헌책방 골목으로 유명의 나우카 서점에서 발견한 『마르크스의 딸들』이라는 소련의 책에 있던 내용이다. 이 책은 마르크스의 가정생활과 세 딸의 극적인 인생을 따라가며 그린 걸작 논픽션으로 세 딸들이 집에서 했다는 '진실 게임'이 나온다. 상대방의 각종 취향을 묻는 놀이로 생각지도 못한 본심이 엿보여 재미있다. 이 놀이에 흠뻑 빠진 언니는 모리오카의 도다 댁에도 설문과 함께 자신의 답을 보냈다. 그 답 가운데 '좋아하는 문장가'란에 '도다 유코'라고 쓰여 있다.

이듬해 재수를 하던 언니는 시골 모리오카가 더 집중할 수 있겠다며 유코 이모 댁에서 몇 달이나 신세를 져가며 공부를 했다.

마리의 데뷔작이 된 『미녀냐 추녀냐』마음산책, 2008에서 유코 이모가 통역한 체험을 바탕으로 집필한 『숏팬티와 기모노─어느 통역가가 본 전후사』에도 에피소드가 나온다. 『미녀냐 추녀냐』로 '요미우리 문학상'을 비롯하여 다른 상을 탔을 때도 시상식에는 언제나 유코 이모를 초대해 모리오카에서 일부러 올라오시게 했다.

언니가 어쩌다 입에 풀칠하기 위해 시작한 통역을 평생의 직업으로 삼자 마음을 굳힌 데에는 몇 가지 요인이 있었겠지만 유코 이모의 존재도 컸을 터다.

프라하에서 귀국해 방문한 모리오카의 도다 댁 앞에서
왼쪽부터 도다 준, 유리, 마리, 도다 케이.(위)
2002년, 『프라하의 소녀시대』로 오야 소이치 논픽션상을 받았을 때
시상식에 도다 유코 씨(마리 옆)가 함께했다.
뒷줄은 도다 준, 오른쪽은 유리.(아래)

마르크스 일가의 진실 게임

1. 당신의 이름······요네하라 마리

2. 당신이 가장 높이 사는 인간의 소질······솔직함

3. 당신이 가장 높이 사는 남자의 소질······용기

4. 당신이 가장 높이 사는 여자의 소질······정열

5. 당신의 특징적 성질······좋고 싫음이 격한 점

6. 당신의 행복······자신의 능력이 충분히 발휘될 때

7. 당신의 불행······아버지와 떨어져 지낼 때

8. 당신이 용서할 수 있는 인간의 결점······현실적이지 않고 몽상적

9. 당신이 도저히 용서할 수 없는 인간의 결점······부정 행위로 생기는 부자연스러움 ← 즉 위선?

10. 당신이 혐오감을 느끼는 일, 물건······복종

11. 당신이 좋아하는 일······독서, 상상, 그림

12. 당신이 좋아하는 시인······레르몬토프

13. 당신이 좋아하는 문장가······도다 유코

14. 당신이 좋아하는 작가······니콜라이 고골, 막심 고리키, 미야모토 유리코

15. 당신이 좋아하는 히어로……스파르타쿠스, 타라스 불리

바, 응우옌 반 쪼이, 체 게바라

16. 당신이 좋아하는 히로인……잔다르크, 노부코伸子, 니로브

나, 오링, 안나 프롤레타리카

17. 당신이 좋아하는 꽃……장미

18. 당신이 좋아하는 색……진홍

19. 당신이 좋아하는 이름……유리

20. 당신이 좋아하는 음식, 요리……만두

21. 당신이 좋아하는 말……그래도 지구는 돌아간다(갈릴레오

갈릴레이)

22. 당신의 모토……늘 바른 길을 추구하는 자세로

23. 당신의 현재 나이……18세

＊요네하라 일가가 친척처럼 친하게 지냈던 영어 통역가 겸 문필

가 도다 유코 씨에게 보낸 마리의 편지로부터. 칼 마르크스 일가

가 했다는 '진실 게임'을 해본 것.

체코에서 귀국한 다음 해, 1965년 여름방학이 되자 어머니와 우리 자매 셋이서 모리오카에 다녀왔다. 6년 만에 만나는 케이와 준은 몰라볼 정도의 핸섬한 소년으로 성장하여 옛날처럼 천진난만하게 놀지는 못했다. 도다 댁은 개를 키우고 있었다. 이 개가 낳았는지 아니면 낳게 했는지는 분명치 않지만 우리는 이 여행 끝자락에 강아지 한 마리를 얻어 도쿄로 돌아왔다.

살짝 황토색 띠는 흰 강아지로 귀가 앞으로 늘어져 있다. 천하 태평스러운 귀여운 얼굴이다. 강아지 이름은 아버지의 제안으로 '이완'으로 정해졌다. 수컷으로 별로 똑똑해 보이지 않은지라 '바보 이완^{한국 표기 이반}'에서 따온 것이다. 뜰에 강아지 집을 두고 목줄은 묶지 않고 키웠다. 당시 우리 집 주위에는 이렇게 풀어 키우는 집이 많았다. 이완은 매일 걸어서 십 분 거리 중학교까지 마리와 나를 배웅했다. 자매가 같이 등교한 것이 아니니까 정확히는 둘 가운데 어느 한 쪽을 따라왔다. 돌아올 때면 교문까지 와서 기다려주는 일도 있어 친구들에게도 인기가 많았다. 먹이는 밥에 남은 국이나 반찬을 얹어주었다. 이 또한 당시의 표준이요, 도그 푸드 같은 건 없었다.

이듬해 봄, 발정기를 맞이한 이완은 저보다 등치가 큰 여자친구가 생겼고 밤이 되면 둘이서 나돌아 다니게 되었다. 문을 닫아 나가지 못하도록 했으나 사랑의 힘인지 담을 넘어가버렸다. 이튿날 아침, 결국 이완은 집에 돌아오지 않았다. 이틀 뒤 여자친구는 상처투성이 몸을 이끌고 주인집으로 돌아왔으나 이완은 그길로 다시는 만나지 못했다.

우리 집에 털북숭이 다음 식구가 나타난 것은 4년 뒤다. 『인간 수컷은 필요 없어』마음산책, 2008에 그 경위가 쓰여 있다.

　　머리, 미모, 점프력, 민첩성 등 모든 면에서 역대 고양이 중 가장 월등했던 암코양이 비리는 내가 재수생, 여동생이 고등학교 2학년이던 해 6월쯤부터 우리 집에서 동거하게 되었다. 가랑비가 끊임없이 내리는데 너무나 사랑스러운 고양이 한 마리가 마당으로 당당하게 들어왔다. 그래서 나도 모르게 창문을 열어 그 고양이를 불렀고 지극히 당연하다는 얼굴로 녀석은 우리 집에 그대로 눌러앉게 되었다.

　　내가 이름을 뭐라 부를까 고민하는데, 어머니가 심기가 불편한 얼굴로 돌아왔다. 딸들의 학업성적에 무관심했던 어머니는 갑작스러운 여동생 담임선생님의 호출을 받고 학교에 갔다가 실컷 야단을 맞았다고 한다.

　　"유리 양의 성적은 48명 중 46등, 뒤의 두 명은 아파서 장기 결석 중입니다. 이런 성적으로 대학은 도저히 무리예요."

　　"바로 그거야, 비리꼴찌라는 뜻가 좋네, 비리로 하자."

　　만장일치로 순식간에 새 식구의 이름은 결정되었다.

―「무리와 도리」『인간 수컷은 필요 없어』

확실히 그랬다. 고등학교는 꽤 좋은 성적으로 들어갔으나 통

공부에 맘을 두지 못했고 동아리며 학생회 활동, 평화운동이며 친구랑 노느라 정신없는 사이 성적은 점점 떨어지더니 2학년이 되자 더 떨어질 곳이 없을 정도가 되어버렸다. 그러나 그 뒤에도 그다지 반성할 기미가 없었고, 따라서 성적은 바닥을 쳤다. 당연히 시험을 친 대학들은 모조리 떨어져 한 해 재수를 하게 되었다.

그보다 고양이 얘기를 하자. 마리가 쓴 대로, 비리는 상당히 머리가 좋고 대단히 아름다운 고양이었다. 가슴이 하얀 얼룩 고양이로 꼴찌라는 이름과는 전혀 안 어울리는 똑똑한 얼굴이다. 사람뿐 아니라 고양이가 봐도 아름다운지 어느새 동네 수컷들이 줄지어 뜰에 나타나기 시작했다. 비리는 그런 수고양이들에게 잘 보이는 창가에 자리 잡고 시선을 한 몸에 모았다. 그러나 스스로는 수컷들에게 단 한 번의 눈길도 주지 않았다. 인기 있는 여자의 행동거지를 우리는 비리에게서 배웠다. 나는 꼭 실천해보고 싶었지만 그럴 기회는 오지 않았다.

도그 푸드가 없는 것처럼 캣 푸드도 없던 시대다. 지하운동을 할 때도 고양이를 키우던 아버지에게 배운 것이 있던 우리는 비리를 위해 생선가게에서 버리는 것들을 받아 와 물에 끓인 것을 국물과 함께 먹였다. 생선가게는 핏기 많은 쪽을 주었으나 비리는 핏기 적은 쪽을 좋아했다. 우리가 식사를 하고 있으면 옆에 다가와 나도 달라며 조른다. 여러 가지 시험해봤지만 가장 좋아하는 것은 국수와 귤이다. 국수는 쫄쫄 빨았고 귤은 껍질을 까서 역시 빠는 듯이 먹었다.

다음에 나타난 고양이는 치비리^{쩔끔}이다.

어느 겨울 아침, 집 앞에 빈사 상태로 버려진 고양이를 언니가 구했다. 내가 대학을 졸업하고 홋카이도에서 돌아오기 몇 달전의 일이었다.

그리고 5~6년이 지난 어느 겨울날 아침, 외출을 하려던 나는 대문 앞에 버려진 죽은 새끼 고양이를 발견했다. 시간이 별로 없었기 때문에 들어오는 길에 치우기로 하고, 일단 그대로 두고 나갔다.

점심 전에 돌아왔는데, "야옹" 하는 울음소리가 들리지 않는가. 아직 살아 있었다! 그대로 안고서 동물병원으로 향했다. 등과 배에 개에게 물린 상처가 깊었고, 발끝은 동상에 걸렸으며, 피부병으로 털이 여기저기 빠져 있었다. 게다가 벼룩투성이었다.

"중상이네요. 오늘 밤이 고비예요. 내일까지만 버티면 어떻게든 될 겁니다."

그 말에 기대를 걸고는, 빈사 상태의 새끼 고양이를 넣은 바구니를 머리맡에 놓고 뜬눈으로 간병을 하였다. 과연 보람이 있었는지 새끼 고양이는 목숨을 이어갔다. (중략)

하여튼 새끼 고양이는 머리맡에 둔 바구니 안에서 하루하루 버텨나갔다. 한 달 뒤에는 바구니 안에서 일어났다. 몇 번이나 넘어지면서도 그때마다 힘겹게 다시 일어나 비틀비틀 걷기 시작한 새끼 고양이를 봤을 때에는, 자식이 처음 발을 떼는 모습을 본 부모

마리가 중학교 3학년 때 모리오카에서 데리고 온 '이완'과 함께.(위)
마리가 가마쿠라에 세운 '페레스트로이카' 집 정원에서
'클레'와 놀다.(아래)

마리의 재수 시절, 미묘 '비리'와 함께.(왼쪽)
연하장에도 사용한 '계단의 고양이' 사진.(오른쪽)

의 환희와 장기 재활훈련을 받은 환자의 회복을 확인하는 간호사의 감개무량함이 뒤섞인 기분이었다.

—「무리와 도리」『인간 수컷은 필요 없어』

치비리는 고동색 얼룩 고양이로 가슴은 비리와 마찬가지로 흰색이었다. 집 앞에 버려지기까지 도대체 얼마나 무서운 일을 당했는지 이 아이는 언제나 겁에 질려 있었다. 누가 누워 있거나 조용히 앉아 있으면 스리슬쩍 옆으로 다가오지만 조금만 움직여도 무서워하며 서둘러 숨고 누가 서 있기만 해도 움찔댔다.

마리는 자신이 치비리의 생명을 구했다는 내막도 있어서 귀엽다며 껴안으려 든다. 그러나 언니는 동물을 예뻐할 때면 목소리도 몸짓도 평소보다 더 과장되게 커진다. 언니가 꽉 껴안으려 들면 치비리는 놀라서 휘리릭 빠져나간다. 아버지나 내가 앉아 있으면 스르르 다가와서 무릎에 올라앉아 꼬르르 소리를 내면서 애교를 떠는데 말이다. 마리가 훗날 키우게 되는 류마라는 고양이도 치비리 저리 가라 할 겁쟁이다. 언니는 이 류마의 재롱도 보지 못했다.

아버지와 달리 어머니는 고양이를 싫어해서 돌보지 않을 거라고 선언했다. 그래도 다른 식구들이 없을 때는 '휴머니즘' 차원에서 먹이만은 주기로 했다. 마리는 처음엔 예뻐 어쩔 줄 몰랐지만 기분에 기복이 있는지라 2년 뒤 내가 오사카를 거쳐 이탈리아로 가버리자 비리랑 치비리 돌보기는 아버지의 몫이 되는 일이 많아졌나 보다.

"결국 아버지 혼자 고양이를 돌보고 있단다"라며 아버지가 내게 보내오는 편지에는 이런 불만이 드러났다.

우리 자매가 결혼할 나이가 차오자 부모님은 대체 언제쯤 결혼할 맘이 생길 거냐며 걱정했다. 부모님의 교육 신념도 있어 '결혼하라'는 말을 대놓고 꺼내지는 못하셨다. 그러나 주위에는 우리 집 애들은 결혼을 안 할 작정인가 보다며 걱정하셨단다.

언니가 서른을 넘기자 어머니는, "결혼 안 해도 돼. 근데 손주는 보고 싶구나. 마리야, 아이 한번 낳아봐. 괜찮아. 내가 키워줄게"라고 하셨더랬다. 그때마다 괜히 그런 말을 해서는 진짜 아이라도 태어나면 어머니는 연세가 있으시니 체력이 달린다며 결국 내 차지가 되는 건 아닌지 내심 전전긍긍했다.

아버지가 돌아가시고 내가 결혼하여 집을 나오고 나서 마리는 점점 더 개와 고양이를 늘려갔다. 그 과정은 『인간 수컷은 필요 없어』 『평생 인간 수컷은 안 키울래』에 상세하게 적고 있지만, 통역하러 가서 만나게 된 유기견, 유기묘를 집에 데리고 들어왔기 때문이다. 마리는 정의감이 강하다. 불쌍한 사람이나 동물을 보면 그냥 지나치지 못한다. 꾹꾹 누르고 있던 감정이 단숨에 그 불쌍한 상대에 이입되어버리고 만다. 따라서 친정을 찾아올 때마다 털북숭이 가족 수가 늘어 있었다.

어느 날 개 한 마리가 사라져 그 개를 찾고 있는 사이 비슷하다는 연락이 와 사라진 개도 아닌데 집에 데리고 오는 식으로 이렇게 줄어들기는커녕 늘어만 갔다. 2000년 연말에 가마쿠라로 이사해 왔을 때는 인간 2명(어머니와 마리), 개 2마리(노라, 모모), 고양이 5마리(도리, 소냐, 타냐, 시마, 류마)로 불어 있었다. 그 뒤 마리 살아생전에 개는 3마리가 더 늘고(클레, 나나, 본) 2마리가 죽고(노라, 클레) 고양이 1마리(소냐)가 죽었다.

동물들은 마리를 크게 변화시켰다. 키우는 인간 기분과 관계없이 끼니를 챙겨줘야 하고 개를 풀어 키울 수 있는 환경도 아니라서 날마다 산책도 데려가줘야 한다. 이로 인해 언니는 인내심이 상당히 강해졌고 생활도 규칙적으로 변했다. 어머니도 나보다 훨씬 열심히 곰상스럽게 돌봤다. 인간 수컷이라면 이 정도로 마리를 바꿀 수는 없었을 것이다.

털북숭이 가족들을 썼던 책에는 수의사나 동물을 좋아하는 몇몇 동네 사람들이 등장한다. 호기심이 강한 마리는 무슨 일이든 일가견이 있는 사람들의 말을 듣기 좋아했다. 그리고 그 말에 설득력을 느끼면 홀랑 믿고 만다. 이런 구석은 정말 어머니를 닮았다. 아버지와 나는 보다 현실주의자다. 자신이 병을 얻었을 때의 치료법을 고를 때도 언니의 이 성격이 드러났다.

나는 고양이를 한 마리 키웠으나 마리는, "여러 마리 같이 키우렴. 지네들끼리 같이 놀 것이고 인간도 가족이 많은 편이 자식 키우기에도 좋잖아"라며 권한다.

마고메 집에서는 고양이는 집과 바깥을 자유로이 드나들 수 있도록 풀어 키웠다. 그러나 가마쿠라로 이사 와서는 고양이를 밖에 내놓지 않았다.

"고양이 에이즈가 유행하니까 밖에 내보내지 않는 편이 좋아. 너네 집도 그만두지그래"라며 강요한다. 이럴 때는 반론해 봐야 소용없으니 그저 듣고만 있다.

"인간은 영장류라서 무리를 짓지만 고양이 과는 무리를 짓지 않으니까 일부러 무리로 키우지 않아도 돼. 우리 고양이는 밖에 나가서 사냥을 하는 게 삶의 낙이니까 집 안에 가둬둘 순 없지"라며 혼자 중얼거려볼 뿐.

마리는 가마쿠라 집 주위를 든든한 담으로 둘러쌓아 뜰에서는 개를 묶지 않고 키웠다. 같이 데려온 노라가 탈주의 명인(명견)이라 담이며 문, 벽은 그 뒤 몇 번이나 수리를 해야 했다. 이 마리와 노라의 공방에 대해서는 전술한 저서를 읽어주기 바란다.

노라가 죽고 난 뒤에 키우게 된 대형 피레네 견인 '본'도 가끔 도망쳤다. 이 아이는 문 앞을 지나치는 관광객이며 소풍 가는 아이들에게 애교 부리는 것을 즐겼다. 그러곤 빗장을 코로 들어 올려 문을 열어버린다. 자물쇠로 잠가도 손님이나 택배 기사가 와서 문을 열어주는 사이 튀어나가버린다. 한번에 2마리가 나가면 발견을 하더라도 데리고 집에 돌아오는 게 큰일이다. 나도 몇 번이나 호출을 당해 차로 데리러 갔다.

'아이 마리는 또 성가시게 하네!' 하며 조금 짜증이 났지만 어느 날 언니 집으로 가던 도중 우연히 지금 막 집 나온 본과 모모의 표정을 본 순간, "할 수 없네. 또 와야지 뭐" 하는 체념이 생겼다. 두 마리가 얼마나 기쁘고 즐거운 듯이 뛰어다니던지. 고등학교 시절, 학교를 몰래 빠져나와 친구들과 보트놀이를 갔던 기억이 떠올라 그때의 즐거웠던 기분이 요놈들과 겹쳤기 때문이다.

마리는 견묘용 식사도 열심히 연구했다. 병이 잦은 고양이들도 있었으니 주의가 필요해 전용 먹이를 주문하기도 했다.

개는 도그 푸드뿐 아니라 고기도 먹었다. 고급 슈퍼마켓으로 알려진 기노쿠니야 가마쿠라점에 강아지용 고기가 있다는 소식을 듣고 언니에게 권했다. 이게 진짜 좋았던 모양이다. 고품질 고기를 취급하는 곳이라 강아지용 자투리 고기라도 고급 고기가 섞여 있다.

"너무 품질이 좋아서 아깝잖아"라고 말한 걸 보니 아무래도 덜어서 인간용으로 썼는지도 모를 일이다.

마리는 평생 인간 수컷을 키우지 않았지만 동생인 나는 1987년에 이노우에 히사시와 결혼했다. 언니가 다니던 대학원 동창 친구들이 〈유겐唯研〉이라는 철학 연구자를 위한 잡지를 만들면서 히사시 씨를 취재했다. 그때 "친구들이랑 연극 보러 오세요"라는 말을 들은 마리가 이전부터 그의 팬인 나를 데리고 간 것이 계기가 되었다.

내가 결혼할 때 언니는 친구로부터 "동생이 일본의 셰익스피어랑 결혼하게 됐으니 마리 신랑감은 이제 일본에는 없겠네"라는 소리를 들었단다.

나는 요리의 길로

어릴 적 나는 세상 무서운 게 없는 기세등등한 아이였다. 마리가 소개하고 있듯이 다음 에피소드도 우리 자매 얘기지만 주도하고 있는 것은 동생인 나였다. 그 무렵 언니는 나보다 훨씬 얌전했다.

나도 동생도 그런 아버지가 정말 좋아서 어쩔 줄 몰랐다. 어릴 적 우리는 아버지에 대한 사랑을 모든 뚱뚱한 남성과 공산당원으로 보편화하는 구석이 있었다. 전철이 요요기 역을 통과할 때면, 당시 2층 건물이던 공산당 본부 위로 펄럭이는 아카하타赤旗를 확인하는 것이 큰 즐거움이었다. "와, 저것 봐, 아카하타! 저기에 아버지가 계신다!"라며 으쓱해서는 "민중의 깃발, 빠알간 깃발～" 노래를 시작하지 않나, 동생은 초등학교에 들어갈 무렵까지 뚱뚱한 중년 남성을 만날 때마다 전철이건 거리든 쫄랑쫄랑 쫓아가서는 "아저씨는 참 뚱뚱하네. 그럼 공산당이셔요?" 하고 물어대곤 했다. 이런 상황인지라 레드 퍼지로 직장을 잘린 농림성 관료였던 외삼촌이 "마리랑 유리를 데리고 놀러 나가는 건 좋아. 근데 그러면 곧 난처해져"라며 투덜대곤 했다.

　　　—「지하에 숨어 있던 아버지」『평생 인간 수컷은 안 키울래』

　그 뒤에도 초등학교에 들어갔을 때는 "우리는 공산당이니까 자리는 왼쪽으로 할래"라 했고, 운동회 때는 "빨강 팀이 아니면 싫어"라며 떼를 썼다.

　어른이 되어서는 아무래도 이런 언동은 없어졌지만, 뭔가를 정할 때면 망설임 없이 행동에 옮겼다. 대학은 지방에서 다니고 싶다는 이유로 홋카이도를 택했다.대도시가 아닌 국립대학으로서는 명문으로 꼽힌다. 졸업한 뒤에는 교사가 되었지만 '이 길이 아냐. 요리사가 되어야겠어' 생각이 들자 당장 돈을 모아서는 오사카의 조리사 학교에 들어갔고, 몇 년 뒤에는 이탈리아로 떠났다. 한번 마음을 정하면 '어찌 되겠지' 하고 뒤도 안 돌아보고 직진했고 후회도 없다. 이런 점은 마리와 정반대다.

　스물다섯 살 때, 나는 오사카의 츠지 조리사학교(현 츠지조리사전문학교)에 입학했다. 그때까지 2년 동안 고등학교에서 이과 교사로 근무했지만 천직으로 여겨지지 않았기 때문이다.

그럼 어째서 오사카였나. 요리에 흥미가 깊어진 나는 전문적인 책을 읽던 가운데, 도서관에서 빌려 읽은 『소스의 책』에 감명을 받았다. 츠지 조리사학교는 저자 츠지 시즈오가 세운 학교다. 더불어 일식 요리를 배워야 한다면 간사이 지방이 본토라고 생각했다.

조리사학교에서 일식 요리 첫 수업은 야채 다듬기였다. 오사카 명 요정 '나다만なだ万'의 전 요리장 고토 가네키치 선생님 수업이다. 홍당무, 열무, 푸른잎채소 등 열 몇 가지의 극히 흔한 채소를 각각 그에 맞는 방법으로 떫기를 빼거나 초벌 데치기를 했을 뿐인데 나중에 맛을 보면 어찌나 맛나던지 깜짝 놀랐다. 적합한 방법, 뛰어난 기술이 있으면 이렇게 맛이 달라진다는 것을 그때 처음 알았다.

"아, 역시 오길 잘했어. 수업료가 비싸지만, 이건 인정"이라며 납득을 했다.

마리가 자주 능동적 지식과 수동적 지식의 차이를 쓰곤 했지만 나는 이 조리사학교 시절, 태어나서 처음으로 진지하게 능동적인 공부를 했다. 어른이 되어 내가 정말 배우고 싶은 것을 골라 배우는 것은 즐거운 일이다.

조리사학교 학생의 90퍼센트는 고졸이요, 중졸도 조금, 그 외에는 단대졸, 대졸, 나처럼 전직해온 이들이 이따금 보인다. 간사이 지방 출신이 대부분으로 아직 미식 붐이 일기 전이라 학교 공부가 싫다거나 대학에 가기보다는 기능을 배우고자 하는 아이들이 대부분이었다. 살아가기 위해 중요한 것은 머리의 지식만이 아니라는 것을 몸소 보여주는 이런 아이들과 같이 지내는 하루하루가 유쾌했다.

오사카에 가서 맨 처음 가장 좋았던 것은 거리에서 보는 여자아이들의 내숭 없는 행동거지였다. 프라하에서 돌아온 우리 자매는 여자아이는 이래야 한다는 일본 사회의 약속 사항이랄까 어떤 고정관념 같은 것에 위화감을 느꼈다. 요즘은 어디를 가든 여자아이들이 자유롭게 행동하지만, 아니 때로는 너무 나간 느낌도 들지만 오사카에 와보니 전철 안에서 입을 크게 벌리고 호탕하게 웃는 여자아이에 나는 크게 감동했고 안도의 한숨을 지었다. "웃을 때 여자아이가 입을 가리는 건 결코 일본 전국의 보편적인 풍습이 아닌가 봐" 하고 마리에게 보고했을 정도다.

내게 오사카는 살기 좋은 곳이었다. 다들 심심하면 농담을 해대고 대개 붙임성 있다. 그러나 첫 대면에 방세며 월급 등 까놓고 돈 얘기를 하는 것은 좀 놀랍고 어색했다. 오사카 사람들은 그런 걸 창피하다고 여기지도 않았고 돈이 많고 적음으로 사람의 우열을 가리지도 않았다. 역사적으로 상업도시인 유래도 있어 그저 돈도 돈 얘기도 좋아할 뿐이다.

무엇보다 오사카는 맛있다. 식재료가 풍부하다. 근교에서는 품질 좋은 채소를 공급해주고, 세토 내해의 신선하고 맛있는 어패류, 고베나 오오미의 유명한 쇠고기, 단바 지방의 들 채소 등등, 갖가지 신선한 재료들이 모여들기 때문이다. 그리고 이것이

언니 마리

가장 중요한 점이지만 오사카 사람들은 먹는 걸 정말 즐긴다. 그들은 틈만 나면 먹는 얘기를 해댄다.

그리고 내게 가장 행운이었던 것은 먹보 내력 요네하라 가문에서도 으뜸가는 미식가 삼촌이 오사카에 살고 있었다는 사실이다. 언니가 에세이에서 소개한 '바나나 삼촌'이다. 오사카에 있는 동안 나는 한 달에 한 번, 숙부와 숙모에게 얻어먹었더랬다. 모처럼 오사카에 살게 되었으니 이때다 싶어 나는 언제나 계절 가이세키懷石 다도에서 유래하는 격식 있는 일본 코스요리. 다도 전에 위를 보호하는 차원에서 시작된 요리인 만큼 대단히 손이 가는 요리지만 양이 많지는 않다 요리를 졸랐다. 마리나 다른 사촌들에게 지금도 미안하게 여기는 점이다.

조리사학교에서 많은 요리를 배웠다. 물론 전문적이고 가정에서는 만들지 않을 요리들이 많지만, 기본이 되는 평범한 요리도 배운다. 여름방학이 되어 집에 돌아가면 가장 반겨주었던 요리가 볶음밥과 달걀덮밥이다. 내가 결혼할 때 언니는 남편 될 사람에게, "히사시 씨는 좋겠네. 유리가 해주는 볶음밥을 먹을 수 있으니까"라고 했을 정도다.

이 볶음밥은 특별한 재료가 들어간 것은 아니다. 그저 파와 달걀이 기본이고 차슈나 햄이며 연어, 어쩌다 사치를 좀 부리자면 게 통조림이고, 시금치 같은 야채를 넣어도 맛있다. 기름을 빨아들인 달걀이 밥 한 톨 한 톨에 휘감기도록 하는 것이 가장 중요하다. 달걀덮밥도 육수의 비율과 달걀을 얼마나 익히느냐가 포인트다.

츠지 조리사학교에서 1년을 배운 뒤 그대로 직원이 되어 2년을 근무했다. 그 3년을 통해 정말 맛있는 것을 아는 것이 얼마나 중요한지 알게 되었다. 당시의 츠지 교장 선생님이 말하는 '맛의 스트라이크 존'을 완전히 몸에 익혀야 한다. 기술은 사람에 따라 재주 있고 없고가 있겠지만 열심히 배우면 누구나 잘할 수 있다. 그보다도 이 요리는 이런 맛을 내야 한다는 완성된 맛을 몸에 배게 해야 한다. 미각의 기억은 한두 번 먹는 것으로는 몸에 배지 못한다. 맛있는 것을 주의 깊게 몇 번이고 먹어보고 익히라는 말이다.

먹보인 내게는 정말 납득이 가는 가르침이다. 문제는 몸에 익히는 데는 돈이 든다는 것이지만.

처음엔 내 조국인 일본의 요리를 깊이 알고 싶다고 생각했다. '조국'이라는 거창한 단어를 썼지만 어린아이 때 외국서 살다 보면 제 딴에는 거창한 애국자가 되는 모양이다. 프라하 학교에는 여러 국적 아이들이 있어 다들 자신의 나라에 긍지를 가졌다. 게다가 초등학교 5년간을 외국서 산 탓에 일본인으로서 많은 부분이 결여된 채로 어른이 되었다는 열등함도 있어 그 구멍을 메우고자 함도 있었으리라.

그러나 35년 전, 일본요리 세계는 여자에게는 열려 있지 않았다. 예외도 있었지만 여자가 조리장에서 환영받는 시대는 아직 아니었던 것이다. 서양요리라면 가능성이 있었다. 아직 이탈리아 붐이 오기 전이다. 일반적으로 일본에서 서양요리는 곧 프랑

스 요리라고 여겼지만 나는 '아니, 이탈리아 요리지!'라고 생각
했다.

열한 살 여름방학 때인가. 아직 프라하에서 지낼 무렵, 지나
가는 길에 들러본 로마에서 단 사흘 묵었을 뿐인데 그때의 인상
이 너무나 강렬했다. 게다가 세계 각국을 다녀보신 아버지는 이
탈리아의 열혈 팬이었다.

"요리며 패션이며 일본에서는 파리가 최고라고 떠들지만, 난
이탈리아라고 본다. 파리 모드 옷도 쓰인 고급 원단은 죄다 이
탈리아제라고. 먹는 것도 그래, 이탈리아는 맛있어. 쌀 요리도
있고 말이지. 밀라노에서 먹어본 노란 죽은 유리에게도 맛보게
하고 싶구나."(덧붙이자면 이 노란 죽은 사프란이 들어간 밀라노풍
리소토였다는 것을 나중에 알았다.)

이탈리아 요리를 제대로 알고 싶다. 그렇다면 이탈리아로 가
자. 1981년 3월, 나는 이탈리아로 건너갔다.

어려서 외국에 살아서 그런지 외국에 간다는 것에 대한 불안
은 전혀 없다. 이탈리아어도 하나 모르면서 걱정도 안 했다. 그
저 거스름돈이 틀리거나 바가지를 쓰지 않도록 가는 비행기 안
에서 이탈리아어 숫자만 열심히 외웠다.

이탈리아에서는 베네토 주의 트레비소라는 도시에 살았다.
이곳을 기점으로 3년 동안 레스토랑 세 곳에서 일했다.

트레비소는 베니스에서 북쪽으로 30킬로미터, 인구 7만 명(당
시)이 사는 도시로, 구시가는 베네치아 공화국 시대의 성벽과 해

자로 둘러싸인 정말 아름다운 곳이다. 도시 한가운데는 생선 시장도 있다. 체코처럼 야채, 과일, 생선 부족으로 고생할 일은 없어 보인다. 치안도 좋아서 내가 지낼 무렵, 이탈리아인이 뽑은 살기 좋은 동네 순위에서 1위가 된 적도 있다.

이탈리아에 도착해서 두 주간, 어찌어찌 아파트도 구해 근처로 산책을 다녔다. 아파트는 성벽에서 걸어 이십 분쯤 되는 가끔 밭도 보이는 주택지다. 도로를 따라 느긋하게 걷는 사람들이 가끔 쭈그려 앉아 풀을 뜯고 있다. 나도 쭈그려서 나 있는 풀을 쳐다봤지만 별달리 예쁜 꽃이 있는 것도 아니다. 뭘 그리 열심히 찾고 있는 것일까. 나중에 아파트 주인집에 손짓 발짓으로 물어보니 다음 날 점심에 나를 초대했다. 쭈그려서 땄던 것은 브루스칸돌리라는 들풀로 리소토에 넣으면 맛있다며 내왔다.

브루스칸돌리는 야생 홉hop의 떡잎으로 살짝 쓴맛이 있다. 머위나 뱀밥을 떠올렸다. 이탈리아인은 유채꽃도 먹는다. 살짝 쓴맛을 좋아하기 때문이다. 이전 프랑스를 여행할 때 유채꽃밭이 보여 프랑스인에게 먹느냐고 물어보니 "설마!"라는 답이 돌아왔다.

주인집에서 근처 사람들을 불러 환영회를 열어주었다. 서로가 서툰 영어지만 역시나 이탈리아인 아닌가. 몸짓에 발짓을 보태면 그럭저럭 통했다. 대화가 무르익자 나는 일본을 떠날 때 이탈리아는 도둑이 많으니까 주의하란 말을 들었다고 했다. 그랬더니 거기 있던 모두가 이구동성으로 자신과 지인들이 당한 경험담을 꺼내놓기 시작했다. 한창 대화가 무르익을 즈음 집주인이, "유리 씨, 그런데 이탈리아인이 모두 도둑은 아니랍니다"
라고 말했다.

순간 머리를 한 대 맞은 느낌이었다. 남의 나라, 이렇게나 환
영을 받는 자리에서 난 대체 무슨 말을 화제로 삼은 건지…….

"무, 물론이죠" 하며 버벅대는 내 말을 막으며 집주인은 말을
이었다.

"그렇지만 도둑놈은 전부 이탈리아인이죠."

이탈리아인은 밝다. 물론 이탈리아인이지만 어두운 사람도
있을 테고 바람둥이 아닌 남자도 있겠지. 그러나 인간의 나약함
을 모조리 안 뒤에, 그래서 더욱이 밝게 살아보려는 친절한 지
혜가 몸에 배어 있다. 이런 이탈리아인을 어찌 이기리요.

맨 처음 일한 가게는 셰프가 여자였다. 우선 채소 다듬기를
맡았다. 아티초크 가시가 아팠다. 뇨키 용으로 갓 삶은 뜨거운
감자 껍질을 참 많이도 벗겼더랬다. 요리 수습생이 되면 일단
설거지부터. 이건 일본인이 그리는 요리 수양의 첫걸음이지만
이탈리아에선 설거지와 조리는 다른 직종으로 여긴다. 레스토
랑뿐 아니라 유럽의 직업관은 일본과는 많이 다르다. 직업 영역
이라는 것이 엄연히 있어 서로 침범하지 않는다.

내가 일했던 곳을 포함, 이탈리아에는 여자 셰프가 몇 명 있
었지만 셰프 이외 여자 조리사를 본 적이 없다. 확실히 냄비는
무겁고 한여름 조리실 기온은 상당히 높다. 신체적으로 여자에
겐 힘들지 모른다.

조리사가 되고 싶어하는 여자라는 점에서 나의 존재는 꽤 신기했나 보다. 더구나 여자에게 친절한 나라 풍습 덕도 많이 본 듯하다. 무거운 냄비를 옮기려 하면 누군가가 손을 빌려주었고 모르는 것은 정성껏 가르쳐주었다. 이렇게 이탈리아의 3년도 그지없이 알찬 나날이었다.

이탈리아로 간 이듬해 4월 아버지의 몸 상태가 좋지 않다는 어머니의 편지를 받고 5월 초 잠시 귀국했다.

"우리 유리를 이젠 더 못 보나 했지"라며 아버지는 재회를 기뻐했지만 식사는 이미 힘들어하는 상태였다. 밀라노풍 리소토를 맛보여 드리려던 바람은 이루지 못했다. 내가 다시 이탈리아로 돌아온 3주 뒤, 아버지는 일흔세 살의 일기로 돌아가셨다. 루게릭이라는 난병 때문이었다.

아버지가 돌아가시기 전후, 가볍게 아르바이트를 한다는 기분으로 통역 일을 하던 마리는 집에 머무르는 일이 많았다. 아직 직업을 정하지 못하던 마리는 아버지를 잃고 난 뒤로 마음을 먹었는지 통역 일을 진지하게 대하기 시작했다.

1983년 가을, 이제 슬슬 일본에 돌아가야지 싶은 마음이 들 무렵, 일이 바빠져 도저히 일정을 빼지 못하던 마리가 겨우 이탈리아에 왔다. 비서를 해주고 있다는 러시아어를 배우던 제자 M씨도 함께였다.

이 여행에서 로마, 아시시, 피렌체, 베니스, 베로나, 밀라노, 곧 중요 도시를 돌아보는 일반적인 코스를 안내했다.

우피치 미술관의 보티첼리 방에 들어섰을 때였다. 마리가 침을 꿀꺽 삼키는 것이 느껴졌다. 〈비너스의 탄생〉을 보면서 "이게 르네상스로구나!"라고 했다.

베로나에서는 〈로미오와 줄리엣〉의 줄리엣의 집에 갔다. 몇 번이나 간 적이 있는 나는 밑에서 기다렸더니, 마리는 기대를 저버리지 않고 베란다에서 양 팔을 펼치며 "오오, 로미오, 로미오"를 외쳐 다른 관광객으로부터 박수갈채를 받았다.

그러나 이 여행의 추억은 약간 씁쓸하다. 이 여행에서 언니와 나는 몇 번이나 부딪쳤다. 하나는 M씨 때문이었다.

마리는 사람을 잘 사귀지 못했다. 한번 맘에 들면 단숨에 거리를 좁혔고, 당연히 시간이 지나면 상대방의 싫은 곳이 눈에 띄고 그러면 또 금방 식는다. 아마도 여행을 준비할 무렵 M씨와의 관계는 좋았으리라. 그러나 이탈리아에 도착했을 때는 이미 싫증나 있었나 보다. 모처럼 마리가 찾아와주었지만 나는 껄끄러운 두 사람 사이에서 녹초가 되었다. 수개월 뒤 내가 귀국했을 때는 결국 M씨를 만나지 못했다.

그리고 이 무렵 나와 마리의 관계도 서먹서먹해졌다. 각자가 보고 있는 곳이 너무 달라졌기 때문이다.

일류 요리를 추구하던 나는 유럽의 고급문화를 배워야 했다. 고급 레스토랑 예절도 알아야 했고, 고급 음식점에 이상한 옷차림으로 갈 수도 없다. 살 수 있고 없고를 떠나 명품에도 흥미가 생기게 된다. 그리고 무엇보다 이탈리아 명품은 정말 매력적이

1963년 10월, 베로나 줄리엣의 베란다에서
"오, 로미오!" 하고 외치던 마리.(위)
1981년, 이탈리아 트레비소 시의 레스토랑 '인콘트로' 주방에서
여성 셰프의 지도 아래 수련 중인 유리.(아래)

다. 명품가게를 둘러보는 것도 재미있다. 마리는 그런 나를 경박하게 여겼다.

"넌 언제부터 그렇게 상류 지향이 되어버렸니?"라며 핀잔을 주었다.

"상류의 맨 꼭대기를 모르면 아래의 것도 못 만들어. 후지산의 높이가 있으니 산자락이 있는 거잖아"라고 반론하고 싶지만 일일이 반론할 수도 없는 노릇이다. 일류 음악을 들어도 일류 회화를 봐도 이런 말을 듣지는 않는다. 그러나 일류 식당에서 밥을 먹거나 좋은 식기를 사면 '사치'가 되어버린다. 어쩔 수 없이 돈이 드니까. 그렇지만 역시 '사치는 멋있다'.

마리와 M씨는 몇 년이 지나 관계를 회복했다. 시간이 흘러 적당한 거리를 찾았나 보다.

이탈리아에서는 내가 맛있어하는 것만 찾아다녔다. 마리는 그런 점에서는 고분고분하게 내 취향을 따라주었다. 지금 생각하니 마리가 좋아하는 쪽도 고르게 했으면 좋았을 것을.

내가 요리의 길을 선택할 때부터는 집에서 먹는 것에 관한 한 내 발언권이 강해졌다. 다들 이러쿵저러쿵하며 대등하게 말을 했었는데 이후론 식구들이 내 눈치를 보게 되었다. 어쩔 수 없을지 몰라도 한편 섭섭하기도 하다. 마리는 친구들과 식사하러 갈 때도 "이탈리아 음식은 유리가 만드는 것보다 맛있는 집이 없으니까 안 갈래"라고 동생을 편들어주었다.

확실히, 일본으로 돌아와서 얼마 동안은 어느 식당에 가도 내

본격적으로 통역 일을 시작한 마리.
1989년, 러시아의 물리학자 안드레이 사하로프 부부와 함께.

가 만드는 게 더 맛있다고 여기는 일이 많았다. 그러나 몇 년쯤 지나 이탈리안 붐이 일자, 일본의 이탈리아 식당 수준이 눈부시게 향상되었다. 동생을 생각해주는 마음이 고마우면서도 마리도 여러 곳에 가봤더라면 좋았을 텐데 싶다.

귀국은 했지만 이후 어떻게 해야 할지 한참을 고민했다. 일해보고 싶은 식당도 없었고 그렇다고 내 가게를 열 자신도 없었거니와 자금도 별로 없다. 일단 자금 없이 시작할 수 있는 요리 교실을 마고메의 집에 열었다. 교실을 운영하면서 어떤 가게라면 시작할 수 있을까 고민했다.

카운터만 있는 수타면 가게를 생각해냈다. '가베노아나'라는 파스타 전문점이 몇 년 전부터 인기 있던 참이다. 수타면이라면 삶는 시간이 더 짧겠지. 미리 소스를 만들어놓고 면을 뽑아두면 라면집처럼 손님에게 빨리 요리를 낼 수 있을 것이다. 토마토소스, 미트소스, 크림소스 등을 단골 메뉴로 정해두고 그날그날 바뀌는 메뉴가 몇 있으면 되겠다 싶었다. 그다지 성가시지도 않을 것 같다.

마리가 수행 통역을 했던 여행객 멤버 가운데 부동산 중개사 아저씨가 있다며 N씨를 소개해주었다. 이분은 언니가 쓴 『마녀의 한 다스』^{마음산책, 2007}에도 등장한다.

마리는 '러시아의 겨울' 예술제에서 오페라, 발레 삼매경에 빠져보자는 애호가 투어의 지휘를 맡았다. 참가자들은 거의가 오페라, 발레에 조예가 깊은 지식인이었으나 그중에는 자칭 지

링이 양식가로 사실은 부동산 중개업자였던 N씨가 있었다. 당초 N씨는 오페라 같은 건 하나도 모르고 어차피 잘 테니까 맨 뒷좌석이라도 좋다더니 한번 보고 나서는 오페라에 완전히 매료당해 일약 투어객들의 총아가 되었다는 이야기다.

이 N씨와 나는 가게에 대해 몇 번의 편지와 전화를 나누었다. 그는 진보초에 좋은 가게를 찾아주었다. 진보초는 학생이며 샐러리맨이 많이 다니는 헌책방 동네다. 다니던 재수 학원과도 가까웠으니 내게도 익숙한 곳이다. 다음 주에 보러 가겠다고 약속한 며칠 뒤, 텔레비전과 신문 1면에 N씨의 이름이 올랐다.

마리의 문장을 인용한다.

디자이너 T씨에게 전화가 걸려 온 것은 그로부터 반년도 더 지난 9월, 아직 더위가 기승을 부리던 어느 날 오후였다.

"지금 텔레비전에서 떠들어대고 있는 C상사, 혹시 N씨가 사장인 회사 아녜요?"

그러던 중에 N씨의 얼굴이 신문에도 실리고 텔레비전에도 나왔다. 대학교수 S씨며 의사 M씨, 그 외 투어 참가자들에게 차례로 전화가 걸려 왔다.

"지금 N씨에게 큰일이 생겼나 봐요."

"전화해봤는데 아무도 안 받아요."

모두들 N씨를 걱정했다. 물론 나도 N씨 회사에 전화해봤지만 신호음만 울릴 뿐이었다.

거품경제가 계속 부풀어가자 땅값은 끝없이 치솟았고, 큰 회사들은 앞다투어 땅을 사모으려 광분하던 때였다. N씨 회사는 달콤하고도 위험한 유혹에 빠져버렸다. 50억 엔, 100억 엔 단위의 가짜 영수증을 발행해주고 그 수수료로 액면가의 10퍼센트를 받았다는 것이다.

모스크바의 레스토랑에서 N씨가 보였던, 등골이 오싹하도록 섬뜩한 눈초리가 몇 번이고 눈앞에서 어른거렸다.

그러던 사이 N씨에게서 전화가 걸려 왔다.

"걱정 끼쳐드려서 미안합니다. 같이 여행한 분들께 고맙다고 전해주세요. 저, 내일 체포될 겁니다. 그런데 진짜 나쁜 건 S부동산, M부동산 같은 대기업입니다. 내가 입만 열면 진짜로 큰일이 나지요……"라는 말을 남기고 N씨는 철창 속으로 사라졌다. 결국 그가 '입을 여는 일'은 없었나 보다. 그의 체포와 함께 한동안 매스컴을 시끄럽게 했던 이 사건도 끝을 맺었다.

—「모스크바의 일본인」『마녀의 한 다스』

이렇게 하여 나의 개점 계획은 좌절되었다. 이에 마리는 그 무렵부터 유행하기 시작한 자택에서 은둔처 같은 레스토랑을 해보자고 했다. 집 내부 도면을 그리는 것이 취미였으니 날마다 이러니저러니 집의 리모델링 안을 내놨다. 아버지가 돌아가신 뒤, 우리에게는 유산이 조금 남겨졌다. 아버지 스스로는 자산을 만들지 않았지만 집 나온 자식의 긍지였는지 할아버지가 남겨주신 유산은 단 한 푼도 쓰지 않았던 것이다.

그러나 나는 이미 가게를 열 흥미를 잃었다. 요리 교실이 재미있어진 것이다. 가게를 열면 매일 같은 맛으로 같은 메뉴를 만들어내야 한다. 그 가게의 그 맛이 매일 바뀌어서는 장사가 안 된다. 그리고 매일 같은 것을 만드니까 진짜 기술이 몸에 배겠지.

그에 비해 요리 교실은 매일 다른 요리를 가르쳐야 한다. 한 번에 서너 가지, 한 달에 한 번만 열어도 몇 년을 계속하면 백 가지가 넘는다. 매번 다른 메뉴를 생각하고 만드는 재미가 있다. 더구나 몇 안 되는 인원이니까 만나는 한 사람 한 사람과도 깊게 사귈 수 있다. 결국 집을 개축하는 일도 없었고 그러는 사이 결혼해서 집을 나왔다.

그로부터 30년, 나는 지금도 근근이 요리 교실을 이어나가고 있다.

『대단한 책』마음산책, 2007이라는 서평집을 읽어보면 알겠지만 언니는 상당한 독서가였다. 우리가 어릴 적 어머니는 그림책을 자주 읽어주셨다. 마리가 좋아했던 책은 『작은 집 이야기』였다. 학생 때였나, 그리워서 샀다며 어디선가 발견하곤 사 온 그림책 『깜둥이 삼보』와 『원숭이 죠지』를 둘이서 읽고 즐거워했던 기억이 있다.

아버지는 이야기를 많이 들려주셨다. 치주는 "『도노이야기遠野物語』동북 도노 지방에 전해지는 설화집. 민속학의 선구로 칭해지는 작품의 도노 지방에 못지않을 정도로 옛날이야기가 넘쳐나는 곳이란다"라고 크고 나서 들었지만 아버지는 그런 옛날이야기를 재미있게 각색해 우리에게 들려주셨다. 마리가 책에서 밝힌 것처럼 그 이야기

에는 어린이들이 정말 좋아하는 엉덩이니 방귀니 똥 이야기가
자주 나왔다. 아버지에게 들은 이야기를 마리가 초등학교 반 아
이들 앞에서 들려주면 다들 깔깔댔다. 그때부터 언니는 장래의
꿈은 작가라고 말했다.

프라하의 집에는 우리가 일본어를 잊어버리지 않도록 부모님
이 배편으로 부친 '소년소녀 세계문학전집'이 있었다. 날마다 책
장을 지나다니며 본『소공자』『소공녀』며『레미제라블』등의 책
표지 글자는 확실히 생각나는데 나는 단지 그 표지만을 기억할
뿐이다. 마리는 몇 번이고 되풀이하여 이 전집을 독파했다.

피아노 걸상 높이 조절용으로 전에 쓰던 사람이 놓고 간 두툼
하고 커다란 네크라소프의 책도 전 주인과 마찬가지로 나는 엉
덩이 밑에 깔았을 뿐이지만 마리는 제대로 읽고 팬이 되어 훗날
대학 졸업논문으로도 모자라 대학원 연구 주제까지 이 19세기
러시아 시인으로 잡았다.

언니를 독서광으로 만든 결정적인 요인은 소비에트 학교였
다. 우선 저학년 동안은 모든 수업이 국어뿐이다. 같은 학교에서
배운 고모리 요이치의 대담집에서 인용해본다.

> **요이치** 과목은 일본에서 말하는 국어와 과학과 사회가 합해진
> '조국의 말(로우드나야 레치)'이라는 두터운 교과서가 있
> 었지요. 그 외에는 '러스키이 야쥐크(러시아어)'라는 것이
> 있어 이것은 알파벳을 익히고 철자를 공부해가며 단어를

쓸 수 있도록 배우게 되어 있고. 또 '산수(마테마티카)'가 있었고, 체육과 음악과 댄스로 구성되어 있었어요.

재미있는 것은 '조국의 말'에는 우리의 국어, 과학, 사회가 하나로 묶여 있다는 점입니다. 가을 신학기가 되면, '황금의 가을'을 예로 들자면(가을이 가장 아름답다는 묘사가 있지만) 아름다운 러시아의 숲을 묘사한 투르게네프의 문장으로 시작해서, 결실의 가을에 대해서는 자연과학자 이반 미추린의 논문에서 추운 곳에서도 여러 곡물들이 생산된다는 구절이 적혀 있지요.

교코 '미추린 농법'의 미추린? 과학 분야에 대해 그렇게 접근한 거겠지?

요이치 네, 그런 교과서입니다.

—『푸른 하늘은 푸른 채로 아이들에게
전해주고 싶다』고가쓰쇼보, 2005

학교에서는 러시아가 자랑하는 시인, 문호의 문장을 되도록 많이 외우도록 했다. 학년이 올라가면서 과목도 여러 가지로 나뉘어 늘어나지만 시와 함께 뛰어난 산문 구절을 암송해야 하는 것은 계속되었다. 그리고 학예회 등의 프로그램에는 반드시 낭독이 있다.

국어 수업도 문학작품을 많이 읽어야 했다. 그러나 일본 학교처럼 독서감상문을 써오라는 것은 없었다. 대신 무슨 내용이 쓰여 있는지 대략의 줄거리를 말해야 했다. 학교 도서관에서 책을 빌려 반납할 때면 사서 선생님께 어떤 내용이었는지 간략하게 설명해야 한다. 책을 대충 읽어서는 다른 사람에게 설명할 수 없다. 전체의 틀을 알고 그것을 간략하게 정리해 다른 이도 알 아듣도록 들려준다. 이 훈련이 마리의 논리성을 키웠고 원래 뛰어나던 이야기꾼 능력을 한층 높여주게 된 것 같다.

일본의 학교도 독서감상문 따위는 그만두면 좋으련만. 아이들이 책을 읽고 어떻게 느꼈는지를 써본들 책에 대한 이해가 깊어지지도, 책이 좋아지지도 않아 보인다. 더구나 남에게 제 마음을 드러내야 한다는 것은 책 읽기 싫은 마음을 오히려 조장하고 있다는 것을 알아주면 좋겠다.

소비에트 학교의 사서 선생님에 대해서는 마리가 「드래건 알렉산드라의 심문」『문화편력기』에 재미있게 썼다.

소비에트 학교에서는 책을 자주 선물한다. 예를 들어 체육대회에서 상을 받는다거나 무슨 성적이 좋았다거나, 일본이었다면 상장이나 기념품이 나올 장면에서 소설이나 시집을 선물 받았다. 귀국하기 위해 학교를 떠날 때도 책을 받았다. 내가 받은 책은 찰스 디킨스의 『위대한 유산』이었다. 이 책을 계기로 나는 일본으로 돌아와서 디킨스를 탐독했고 팬이 되었다.

일본에만 있었더라면 마리의 독서도 그렇게까지 깊어지지 않았을 것이요 독서의 폭도 그리 넓어지지 않았으리라.

귀국 뒤 아버지는 요요기에 있던 일소 도서관에 우리를 데려가서 러시아어 책을 빌릴 수 있도록 수속했다. 우리는 일본어가 많이 서툴러서 한동안 책을 읽는 것도 러시아어 쪽이 이해하기 쉬웠고, 우리 둘이 말할 때도 러시아어가 편했다. 게다가 이제 만나지 못하게 된 친구들 생각 때문도 있다. 다들 이 책을 읽었 겠지 하고 상상하면서 러시아, 소비에트 작가들의 책을 읽었다. 톨스토이, 도스토옙스키 등 19세기 문호뿐 아니라, 동시대 소련 의 SF, 아동소설 등 아무튼 도서관에 있는 것을 닥치는 대로 읽 어댔다. 두 주일에 3권인가 삼 주에 4권인가를 빌릴 수 있었으 나 마리는 언제나 꽉꽉 채웠고 모자라면 내 몫까지 빌렸다.

아버지는 진보초에 있는 러시아 도서 전문점인 나우카 서점 에도 데려갔다. 여기서 러시아 과학잡지 〈나우카 이 지즈뉴과학과 생활〉의 정기구독을 신청했다. 〈내셔널 지오그래픽〉 같은 부류의 잡지로 과학에 대한 재미있는 읽을거리가 많이 실려 있었다. 마 리의 에세이는 사실은 이 잡지에서 힌트를 얻은 것이 꽤 있다.

중학교, 고등학교 시절 언니는 학교 도서관뿐 아니라 근처 구 립 도서관에서도 책을 빌려댔다. 어느 작가를 읽기 시작하면 그 작가의 작품을 구할 수 있는 한 몽땅 읽었고, 일본인이든 외국 인이든 전집을 낼 정도의 유명 작가들 작품은 모조리 읽어댔다.

책을 읽느라 밤도 자주 새웠다. 방을 함께 썼으니 밤늦게까지 불을 켜고 꼼지락거린다. 일찍 자고 싶은 동생은 이 무렵 언니 와 자주 싸웠다.

'마르크스 일가의 진실 게임'(154쪽)에서 마리가 좋아하는 책에 대해 답했다.

여기에 나오는 문학작품이나 주인공에 대한 열여덟 살 당시 마리의 취향은 소비에트 학교의 영향, 공산주의자인 부모님 영향이 짙게 배어 있다. 러시아의 작품, 일본의 프롤레타리아 문학의 작가나 등장인물이 많다.

마리는 '하루에 7권' 읽는다며 호언장담하고 다녔는지 정말이냐고 물어오는 사람이 많았다.

책을 많이 읽는다는 점에서는 남편도 지지 않았다.

히사시 씨가 기증한 책으로 고향 야마가타 현 가와니시 마을에 '지필당遲筆堂 문고'라는 도서관이 세워졌다. 히사시 씨 사후에 보낸 책을 합하면 장서는 22만 권이 넘는다. 작업을 위해 스스로 산 것도 있지만, 아는 저자나 출판사에서 보내오는 책도 가득해 책장에 고스란히 꽂혀 있던 책도 많다. 그래도 장서 가운데 80퍼센트는 책장을 넘긴 흔적이 있고 그 20퍼센트 이상에는 메모며 책갈피 등 열심히 읽은 흔적이 있다. 이노우에 히사시는 말한다.

내 장서는 20만 권쯤 있다고 한다. 과연 하루 30권 정도로 책을 읽고 있으니 그 정도 될지 모르겠다. 바쁜데도 책을 많이 읽는다는 소리를 듣지만 나만의 독서법이 있다. 물론 한 권 한 권 꼼꼼히 읽은 것은 아니다. 예를 들어, 책에서 뭔가를 찾으려 할 때는 우선 차례를 읽고 그 책에서 저자가 말하고자 하는 것을 파악한다. 일본

학자들은 대개 결론을 맨 마지막에 쓰고 있으니 우선 뒤쪽부터 본다. 여기서 생각했던 것이 적혀 있지 않다면 그 책은 전반부도 별다른 게 없다고 내 멋대로 생각한다. 반대로 일부를 읽어보고 재미있으면 전체를 읽는다.

한 번 읽고 마음에 남는 책은 반드시 표지 뒤에 나만의 색인 같은 것을 써 다이제스트를 만든다. 이렇게 맘에 들어 열심히 몇 번이나 반복해서 읽는 책과 적당히 휘리릭 읽어버리는 책으로 나뉜다.

하루 3, 40권 읽는 것은 어렵지 않다. 그것은 대나무 공예 장인이 많고 많은 대나무 속에서 어떤 감촉으로, 이 재료는 이렇게 만들어봐야겠다고 직관적으로 영감이 떠오르는 것처럼 이는 하나의 직업적인 훈련이라고 해도 좋으리라. 책에서 얻은 것을 일단 몸에 넣어 연표를 만들거나 여러 가지 시행해봄으로써 내 지식의 원천이 되어 쓰는 작업으로 연결된다. 몸속으로 들어온 여러 정보가 모여서 지식이 되고 그 지식이 모여 이번에는 지혜를 만든다.

—『깊은 내용을 재미있게—창작의 원점』PHP, 2011

22만 권 중 20퍼센트 이상 책에 메모나 갈피가 끼여 있다는 것은 책을 모으기 시작해 약 50년으로 잡으면남편 이노우에 히사시 씨는 2010년에 향년 75세로 영면 하루 평균 3권의 책을 읽으면서 메모했다는 계산이다. 따라서 언니가 하루 7권 읽었다는 것도 훑어본 책까지 포함하면 충분히 있을 수 있는 얘기다.

아무튼 책이 너무나도 좋아서 언제나 옆에 끼고 다녔다. 마리의 장서 가운데 일부는 러시아어 관계자에게 나누어주었고 일부는 매각했다. 그러나 소중히 여기던 5000권이 넘는 책은 지필당 문고에 보관되어 있다. 덧붙이면 마리는 걸어서 삼 분 거리 생선집에 고양이 찬거리를 사러 갈 때도 가방에 사전이며 그때 읽고 있던 책을 넣어 다녔다. 늘 그리도 무거운 가방을 들고 다녔으니 어깨 결림이 나을 새가 없었다.

그 뒤 언니가 애독한 책들은 『대단한 책』에서 다루었다. 그러고 보니 마리는 20대부터 아쿠타가와 상 수상작이 처음 실리는 '분게이슌주'는 꼭 사 읽었다. 현대 작가에 대해서는 굳이 택한다면 순문학을 선호했다. 문학소녀가 아닌 나는 줄거리가 재미있고 읽기 쉬운 소설을 좋아했으므로 시바 료타로, 후지사와 슈헤이, 다나베 세이코, 이노우에 히사시, 미야베 미유키도 마리보다 먼저 관심을 가졌더랬다. 이건 자랑.

언니는 맘에 드는 책이 있으면 내게 전화를 걸어온다. 그리고 온 정열을 다해 권한다. 언니가 쓴 서평을 읽노라면 전화 걸어올 때의 그 상기된 숨소리가 들리는 듯하다. 나도 마음에 드는 책이 있으면 마리에게 권했다. 어른이 되어 우리 자매가 나눈 대화의 화제는 음식 아니면 책, 연극, 영화 정도다. 이 점에서는 다른 누구보다도 마음이 통했다. 재미있다고 느낀 점, 마음에 드는 표현도(대개는 웃기는 곳이지만) 같았다. 마리가 작고한 지 이미 10년이 지났지만 아직도 좋은 책을 만나면 '아, 마리는 이 책에 대해 뭐라고 말할까?' 싶어 언니의 평론이 그립다.

마리는 축구를 좋아해서 자주 시합을 보러 갔다. 실은 우리 아들이 어릴 적 조쇼지城彰二와 닮았다는 이유만으로 언니는 조 선수의 팬이 되었다. 응원을 하다 보니 조카에 대한 애정을 조 선수에 쏟아 부으며 지방 시합까지 쫓아가게 되었다. 그러다가 조 선수가 당시 적을 두고 있던 요코하마 마리노스뿐 아니라 아예 축구팬이 되었다. 한일 월드컵 때는 러시아 요인들도 관전하는 시합에 일부러 통역을 자원하기도 했다.

"시합 때 요인들은 다들 구경하느라 통역 같은 건 필요 없어. 통역 일이라곤 시합 전후 때밖에 없걸랑. 게다가 VIP석에서 월드컵을 볼 수 있잖아"라며 기쁘게 뛰어나갔다.

마리가 작고하고 얼마 지나지 않아 일본 축구 대표 감독으로 이비차 오심 씨가 정해졌다. 그리고 그에 관한 책도 몇 권이나 출판되었다. 구 유고슬라비아 출신인 오심 씨의 유머는 동유럽 특유의 센스에서 나온다. 마리가 오심 씨에 대해 쓴다면 픽 재미있었으리라. "이 책의 서평은 마리가 써야 했어. 그 누구도 마리보다 잘 쓸 수는 없을걸" 하며 당시 안타깝게 여겼다.

2015년에 출간된 줌파 라히리의 『이 작은 책은 언제나 나보다 크다』마음산책, 2015를 마리는 어떻게 읽었을까. 벵갈어에 둘러싸여 어린 시절을 보냈고 영어로 교육을 받아 영어로 글을 써 세계적 작가가 되었으며 어른이 되고 나서 공부를 시작해서 정말 좋아하지만 아직은 완벽하지 못한 이탈리아어로 쓴 책이다. 책에는 이탈리아어로 쓴 짧은 소설 2편도 실려 있다. 이 행위와 작품에 대한 언니의 평론을 읽고 싶다.

마리가 몇 번이고 열심히 서평을 쓴 책에 『코카서스의 금색 구름』이 있다. 체첸 소년들의 운명에 가슴이 먹먹해지는 멋진 작품이지만 이 줄거리와는 별도로 책 내용 가운데 학교 묘사가 우리 자매가 알고 있는 학교와 겹친다. 역시 2015년에 읽은 러시아의 작가 류드밀라 울리츠카야의 『어린 시절』에 나오는 안뜰 묘사가 친구들과 날마다 놀던 프라하의 아파트 광경을 방불케 하여 이 감각을 공유할 수 있는 마리와 함께 읽고 싶었고 또 이야기를 나누고 싶다.

언니는 〈슈칸분슌週刊文春〉의 서평란 '나의 독서일기'의 집필을 맡았다. 2006년 1월 초, 항암치료를 받기 위해 입원했던 병실에서 쓴 마지막 서평은 장평의 『흉범凶犯』과 『십면매복十面埋伏』이다. 이 외에도 마리는 읽고 재미있으면 그의 다른 책을 소개할 마음이었다.

그러나 언니는 항암치료의 예상치 못한 부작용으로 책을 읽는 것조차 힘들어했다. 서평의 경우 꼼꼼히 제대로 읽지 않으면 남에게 권하는 문장으로 써낼 수 없다.

언니의 상태를 알아챈 히사시 씨가 웃음에 관한 책을 모아 내게 건네주었다.

"처형은 『유머의 공식』마음산책, 2013을 이미 썼으니까 그때 참고로 읽었던 책도 갖고 있을 것이고 이걸로 쓰면 어떨까. 한번 깊게 읽은 책이니까 서평을 쓸 수 있을지 몰라."

이 말을 마리에게 전했다. 그러나 '웃음'에 관해 구성을 생각해서 써낼 기력, 체력은 이미 없었다. 그 시점에서 마리가 진지하게 읽고 있었고, 가뜩이나 없는 체력을 짜내서 안간힘을 다해 몰두하고 있었던 것은 자신의 병에 대해서였다. 그에 관한 것이라면 겉핥기가 아닌 알맹이 있는 내용을 쓸 수 있을 것이다. 그러려면 어쩔 수 없이 개인사를 밝혀야 한다. 마리는 이 점을 망설였을 것이다.

마지막 서평 세 편이 투병기가 되어버린 것은 독자에게 엉터리 서평을 쓰고 싶지 않았고 마지막까지 글을 쓰고자 했던 마리의 처절한 결단이었다.

여
행
자
의

아
침
식
사

2006년 5월, 만 쉰여섯 살이 된 지 얼마 뒤 마리는 영면했다.

그로부터 2년이 지난 2008년 가을, 야마가타 시내에서 '요네하라 마리 전'을 개최하게 되었다. 남편 이노우에 히사시가 고향 야마가타 현 가와니시에 장서를 기증함으로써 자오藏王 산자락에 마련된 지필당 문고의 분관이 극장도 될 수 있는 '시베르 아리나' 바로 옆에 새로 생기게 되었다. 이 분관 오프닝 행사로 마리 회고전을 해보자며 남편이 제안했다. 작가 생활 겨우 10년에 저세상으로 가버린 요네하라 마리의 검증 작업을 우리 손으로 직접 해보자는 취지였다.

대략적인 구성도 히사시 씨가 잡아주었다. 더욱이 마리의 스물세 권 저서 하나하나에 해설도 붙여주었다. 지필당 문고 담당

자도 나도 첫 작업이라 모르는 것도 많아 겨우 전시 형태를 갖춰 내놓을 수 있었던 것이 기적 같고 지금 생각해도 식은땀이 흐른다.

그래도 이 작업으로 나는 큰 도움을 받았다. 가족을 잃게 되면 아무래도 병으로 고생하던 시기의 후회스러운 일만 떠오르게 된다. 전시회를 위해 마리의 생애를 어릴 적부터 쭉 돌아보면서 즐거웠던 일, 싸웠던 일, 우스웠던 일 등등 내가 아는 언니의 여러 모습을 떠올릴 수 있어서 기뻤다.

그 뒤 전시회는 치주나 가마쿠라 등 연고지를 포함한 여덟 곳에서 개최되었다. 전철역에서도 멀고 버스 편조차 좋지 않은 장소였지만 많은 분들이 찾아주었다. 마리 팬들의 뜨거운 열정에 늘 마음이 따뜻해진다.

야마가타에서의 첫 전시회 때, 마리의 소중한 친구 분인 작가 요시오카 시노부 씨의 강연과 함께 마리의 관계자들이 모인 자리에서 회식을 가졌다. 이때 언니의 비서였던 가네다 이쿠코 씨가 통조림 '여행자의 아침식사'를 어디서 구해왔다. 음식에 관한 마리의 에세이 제목이 되기도 한_{한국판 제목은 『미식견문록』} 이 통조림은 소련 시대에는 상당한 양이 생산되던 여행용 휴대식품이었으나 얼마나 맛이 없었으면 러시아인은 그들의 장기인 유머에 자주 등장시켰을까. 마리는 그 전말을 에세이에서 소개했다.

남자가 숲속에서 곰을 만났다. 곰은 당장 남자에게 물었다.

"넌 뭐 하는 놈이냐?"

"여행자인데요."

"아니, 여행자는 나다. 넌 여행자의 아침식사고."

늘 농담을 즐기는 러시아인들이 어째서 이런 싱거운 얘기에 꼴딱 숨이 넘어가는지 오랫동안 의아했었다. 그러다가 아무래도 '여행자의 아침식사'와 관련된 게 아닐까 하고 짐작하게 되었다. (중략)

"일본의 어느 상사가 '여행자의 아침식사'를 우리나라에서 대량으로 사들일 모양이라던데."

"아니, 그 맛없는 걸 먹는 국민이 러시아인 말고 또 있다고?"

"아니, 통조림 내용물 때문이 아니라 깡통 품질이 좋아서라네."

이로써 '여행자의 아침식사'라는 이름의 맛없기로 유명한 통조림이 있다는 것을 알게 되었다. 어쩌면 퉁명스러운 작명법까지도 소련답다. 보통명사가 그대로 상품 이름이 되다니. (중략)

'여행자의 아침식사'라는 통조림 이름 역시 생산을 신성시하고, 상업 특히 판매 촉진 노력을 죄악시하는 금욕적인 사회주의적 미의식을 반영하고 있다.

그렇다면 꼭 한번 먹어봐야겠다 싶어 언젠가 러시아 출장길에 슈퍼마켓에 들러보니, 있었다! 쇠고기 맛, 닭고기 맛, 돼지고기 맛, 양고기 맛, 게다가 생선 맛까지 다섯 가지나 있는 게 아닌가. 맛과 모양은 고기를 콩이나 채소와 함께 삶아 굳힌 것 같은데, 내용물이 그리 곱게 다져지지는 않았다. 맞다, 이건 딱 강아지용 통조림 아닌가. 여기에 빵과 음료만 있다면 일단 영양은 고르게 섭취할 수 있겠다. 맛은…… 하루 종일 아무것도 못 먹고 산속을 헤매다가 곯은 배를 움켜쥐고 밤을 지새운 이튿날 아침에 먹는다면 혹시 맛있다고 느낄지도 모르겠다.

—「여행자의 아침식사」『미식견문록』

소련 붕괴로부터 17년, 이미 모습을 감추었다고 생각한 이 통조림이 라트비아의 리가에서 발견되어 가네코 씨의 손을 거쳐 지금 야마가타의 우리 눈앞에 와 있었다. 약 20명의 참가자가 한입씩 맛보았다. 마리의 에세이 덕에 소름 끼치게 맛없을 것으로 상상했지만 먹지 못할 정도는 아니었다. 언니가 쓴 대로 딱 도그 푸드다. 빵에 발라 먹는다면, 뭐 술안줏감이 안 될 것도 없겠다.

그로부터 다시 8년이 지나 드디어 이 책의 끝이 보일 무렵, 모스크바에서 '여행자의 아침식사'가 아직도 팔리고 있다는 것을 알게 되었다. 골수팬이 아직 있다는 말일까. 급히 주문하여 도착한 고기 맛 통조림을 열어보니 형태는 이미 도그 푸드가 아니었다. 야채도 없고 그저 고기와 조미료뿐. 냄비에 옮겨 감자와 함께 삶아보니 소금 간이 강했지만 충분히 먹을 만했다. 이건 완전히 자본주의 맛이다. 이름만 유지되고 있는 걸까. 이래선 유머도 어림없겠다.

에세이에서 마리는 '토마토에 삶은 다시마' 통조림도 언급하고 있다. 이번에 다시 읽으며 떠올렸다. 식품 수납장 구석을 찾아보니 이미 녹슨 '다시마 샐러드' 통조림이 나왔다. 언니가 어딘가 다녀오며 특산품 선물로 '토마토에 삶은 다시마'와 이 '다시마 샐러드'를 사왔다. 토마토 쪽을 먼저 열어 맛보곤 기막히게 맛이 없어 입에 있던 것도 웩 하고 뱉은 뒤 남아 있는 이 샐러드 통조림은 따지 않고 그대로 구석에 처박아두었던 것이다. 러시아어로 '극동으로부터 미네랄, 비타민 풍부'라는 문구가 보인다. 북방 영토에서는 최고 품질의 다시마가 나지만 러시아에서는 해초를 먹는 습관이 없다. 그것을 어떻게든 먹어보려니 샐러드나 토마토로 삶아보자 싶은 발상이 나오는 것이리라. 다시마에 해당하는 단어가 원래 러시아어에 없다 보니 통조림에는 '바다의 양배추'라고 표기되어 있다.

'여행자의 아침식사'의 변천을 알게 된 지금 이 소련 시대의 통조림이 귀중한 문화유산처럼 보인다.

『미식견문록』에서 가장 공들여 쓴 꼭지는 「진짜 할바를 찾아서」가 아닐까. 여기서 마리는 '할바'라는 과자를 소개했다. 공들인 증거로 시청자의 요청이 많아 언니가 작고한 지 7년이 지난 2013년 가을, 동서고금의 문학작품에 등장하는 과자를 재현하는 NHK 방송국 교육채널 프로그램 〈그레텔의 아궁이〉에서 이 할바를 다루었다.

할바는 북아프리카에서 중국 서부에 이르는 유라시아 각국에서 예전부터 먹어온 과자로 나라마다 형태도 만드는 법도 각양각색이지만 견과류와 유지와 설탕으로 된 고약처럼 생긴 형태가 일반적이다.

"엉? 할바를 모른단 말야? 그럼 이번에 모스크바에 다녀올 때 사 올게."

여름방학이 끝난 9월 1일, 이라는 약속을 지켰다. 모양도 크기도, 꼭 납작한 구두약 통 같은 파란 용기다. 뚜껑에는 흰 글씨로 'халв a(할바)'라고만 적혀 있다. 지금도 'NIVEA'라고 씌어 있는 파란색 핸드크림 통을 볼 때마다 이라가 가져다준 할바가 생각이 난다.

뚜껑을 열자, 연갈색 연고 같은 것이 들어 있었다. 이라는 홍차 용 작은 스푼으로 그 표면을 긁어모아 내밀었다.

"간신히 샀어. 한 입씩만 먹어야 돼."

내가 입에 떠 넣는 걸 보더니 묻는다.

"어때? 맛있지?"

맛있는 정도가 아니다. 이렇게 맛있는 과자는 난생처음이다. 만 드는 법은 터키꿀엿과 비슷할 것 같지만 확실히 그것보다 백배는 맛있다. 게다가 처음 맛보지만 처음 같지 않고 왠지 그리운 맛이 다. 씹을수록 땅콩과 꿀맛에 여러 가지 신비로운 향신료의 맛이 우 러나와 입안에 섞인다. 이런 것을 두고 국제적으로 통하는 맛이라 해야 할까. 15개국에서 온 반 친구들 덕분에 파란 통은 순식간에 비어버렸다.

딱 한 입. 그 한 입에 나는 할바에 홀딱 반했다. 아아, 할바 먹고 싶어라. 원 없이 한없이 할바를 먹고 싶다. 게다가 여동생이며 부모님께도 맛보이고 싶었다. 할바가 얼마나 맛있는지 그 어떤 말로 설명해도 알아주지 않았기 때문이다.

그로부터 얼마 지나지 않아 아버지가 모스크바로 출장을 떠나게 되었다. 나는 스케치북을 가져와서는 마음속에 새겨둔 그 통을 그린 다음 수채물감으로 파랗게 칠했다. 그림만 봐도 군침이 돈다.

"무슨 선물 사다 줄까?"

어디 다녀오실 때면 늘 물어보시는 아버지께 기다렸단 듯이 스케치북을 내밀었다.

"할바라는 과자요. 가능한 한 많이 사다주세요."

—「진짜 할바를 찾아서」『미식견문록』

언니는 이야기를 드라마틱하게 하기 위해 여동생은 못 먹어 본 걸로 적었으나 실은 먹었더랬다. 이라가 모두에게 맛보여 준 것은 여름 캠프의 탁구대 옆이었다. 상세하게 장소까지 기억하고 있는 것은 나도 이 맛에 까무러치게 매료당했기 때문이다. 입안에서 솔솔 녹아내리는 것이 라쿠간 같기도 하지만 좀 더 찐득하고 달고 기름지다.

오사카의 츠지 조리사학교에 다닐 때, 독일에서 잡지 취재팀이 방문한 적이 있었다. 세계의 맛난 음식을 소개하는 코너가 인기가 있다 보니 머나먼 일본까지 취재하러 왔다는 것이다. 이리하여 학교에서 요리를 만들어 촬영하게 되었다. 그때 카메라맨과 대화를 나눌 기회가 생겼다.

"온 세계를 다니며 취재하셨는데 당신이 가장 맛있다고 느낀 음식은 뭐죠?" 하고 물으니 '할바'라는 답이 돌아왔다. 조리사학교의 그 누구도 할바를 몰랐으니 나는 으쓱했다. 체코에 살 때 할바를 먹어본 이후 이미 15년이 지난 뒤였다. 정말 맛이 있어서 잊을 수 없었는지 단지 추억이 미화되어서 기억에 남는 것인지 몰랐다. 그러나 온 세계의 맛난 것을 찾아다닌 사람이 하는 말이니 역시 그 과자는 정말로 맛있었던 것이다! 할바를 처음 먹었을 때의 기억이 되살아나 기뻐 어쩔 줄 몰랐다. 당연히 그 독일인 카메라맨에게 "저도 할바를 정말 좋아해요. 잊을 수 없는 맛이죠"라고 맞장구쳤다. 밤에 집으로 돌아와서 도쿄의 마리에게 바로 전화로 보고하며 할바 맛을 함께 그리워했다.

그 일이 있은 뒤 할바가 먹고 싶어 견딜 수 없어진 나는 각국 요리 책 레시피를 뒤져 찾게 되면 노트에 옮겨 적어가며 몇 번이나 만들어봤다.

그러나 아무래도 잘 안 된다. 고도의 기술이 있어야만 비로소 만들 수 있는 과자이니만큼 기술자로서 특별한 수련을 거쳐야 한다는 것을 나중에서야 언니의 에세이를 읽고 알게 되었다.

훗날 요리 교실 학생들이 그리스에 다녀온다기에 지나가는 말로 혹시 할바를 찾거든 좀 사다 달라고 했더니 진짜로 찾아 가져왔다. 물론 마리에게도 나누어주었다. 그 이래로 터키나 그리스에 가는 사람이 있으면 부탁하기로 했다.

그런데 언니가 쓴 에세이가 텔레비전 프로그램에서 다루어진

덕에 할바는 조금 유명해져 이젠 인터넷으로도 주문할 수 있게
되었다.

문장의 힘으로 많은 사람들이 먹고 싶도록 만들다니, 마리,
대단해!

2016년 모스크바에서 팔리고 있는 통조림 '여행자의 아침식사'.
왼쪽은 마리가 선물로 사온 소련 시대의 '다시마 샐러드' 통조림과
그리운 러시아 흑빵.(위)
러시아 할바. 해바라기, 깨 등 베이스가 되는 재료에서
맛이 달라진다.
벽돌 같은 덩어리를 부셔가며 먹는 것과 개별 포장된 종류가 있다.
프라하에서 먹어본 이래 우리 자매가 그토록 찾아 헤맨 과자.(아래)

맺는말

"마리 님에 대해 먹을거리를 통해 한번 써보시지 않을래요?"
라며 언니의 신뢰가 깊었던 분게이슌주 편집자 후지타 요시코
씨로부터 의뢰를 받은 것은 이미 1년 전의 일이다. 그로부터 1
년 동안은 그저 만연히 옛날 생각을 반추하는 것으로 보내버렸
다. 드디어 무거운 몸을 일으켜 좀 더 구체적으로 시작해보자
싶어 간신히 펜을 들려던 늦여름, 느닷없이 야스나로부터 편지
가 왔다.

야스나는 소비에트 학교 시절의 언니 반 친구다. 마리는 『프
라하의 소녀시대』라는 책에서 프라하의 세 친구, 그리스인 리
차, 루마니아인 아냐, 그리고 구 유고슬라비아 출신의 야스나에
대해 썼다.

그녀와는 마리가 영면했을 때 전화한 이래였으니 9년 만이다. 편지에는, "마리의 열혈 팬이라는 젊은 한국인 아가씨가 베오그라드까지 날 찾아왔더라. 마리 책이 영어나 러시아어로 나왔다면 나도 읽을 테니 보내줘"라고 쓰여 있다. 언니 책은 영어, 러시아어로는 나오지 않았지만 거의 대부분의 작품이 한국어로 번역 출판되어 애독자도 많다. 지금은 대만에서도 번역이 시작되고 있다.

야스나의 편지에 이어 이번에는 11월, 독일에 살고 있는 리차를 만나고 왔다는 일본 독자로부터 메일이 왔다. 고등학교 3학년이라는 이 여학생은 마리의 모든 점이 좋다며 『프라하의 소녀시대』에 등장하는 세 명의 그 뒤가 궁금해 유럽까지 확인하러 다녀왔다고 했다. 이 우연이 큰 힘이 되어 나를 일으켜 세웠다.

사후 10년이 지난 지금까지도 마리가 쓴 말, 작품이 널리 읽혀 다른 사람 마음을 움직이고 있다는 사실이 정말 놀라웠고 또 깊은 감동을 받았다. 어린 시절의 기억을 더듬어 추억을 씀으로써 마리가 말하는 말의 힘(히사시 씨는 '앞으로 꼬꾸라지듯 맥진한다'라고 표현했지만)의 비밀을 푸는 실마리로 삼아보려고 생각했다.

이 책을 읽고 나면 알겠지만 언니는 어려서부터 정말 특출하게 개성적이었다. 나는 태어나서부터 같이 지낸지라 사실 그다지 이상하다고는 생각하지 않았으나, 10대 후반부터는 언니가 다른 사람들과는 많이 다르다는 것을 깨닫게 되었다. 주위로부터 "저 사람 재밌네, 좀 희한한 사람이 있어"라는 소리를 듣는 사람을 만나봐도, "웅? 이 정도면 마리가 훨씬 재밌고 희한한걸" 하고 여기게 된다.

인간은 누구나 제 틀 안에서는 개성적이요 재미있다. 그러나 모든 이가 그 틀을 깨고 나와 자신의 개성을 표출할 수 있는 것은 아니다. 마리에게는 틀이란 게 없었다. 그 요인은 여러 가지 있겠지만, 언니는 타고난 에너지로 정신을 자유롭게 활짝 열어젖히고 살았다. 그 결과로 약간의 곤란함도 즐거움도 함께 받아들였다. 덕분에 주위에도 불똥이 튀는 일이 있었지만 그조차도 시간이 지나고 보니 그리워진다.

지금 기억을 더듬어보니 완전히 잊고 지낸 별의별 일들이 떠올랐다. 내게는 쓰는 작업이 익숙지 않아 힘든 적도 많았지만, 오랜만에 아버지, 어머니, 언니와 유쾌한 시간을 함께할 수 있었다.

이 책에는 잡지 〈유리이카〉의 요네하라 마리 특집에 기고한 글도 실리게 되었다. 당시 편집을 맡아준 사토 요스케 씨도 먹을거리에 대한 글을 써보면 어떠냐고 권하며 참고로 음식에 관한 에세이를 많이 보내주었다. 이런 버팀목이 없었다면 이번 의뢰는 아예 처음부터 수락하지도 않았을 것이다.

야스나, 리차가 내 등을 밀어주어 글을 쓰기 시작했지만, 끝을 볼 수 있을지 불안했다. 어린 시절 나는 뭔가 시작하면 처음에는 열심이지만 도중에 싫증이 나거나 귀찮아져서 내팽개치곤 했다. 소비에트 학교 시절, 공작 시간에 천으로 보조가방을 만들어 자기 이름을 실로 수놓아야 했는데, 수업 시간에 완성을 못하면 숙제로나마 끝내야 했다. 그러나 나는 내 이름 '유리'의 '유ㄹ'에서 싫증이 나 자수를 그만두어버렸다.

어머니는 "유ㄹ에서 끝내다니 얘는 정말 유루훈ゆるふん, 옛날일본 팬티인 훈도시를 헐겁게 맨다는 뜻으로 긴장감 없이 맺고 끊는 게 약한 사람에게 쓰임이네" 라며 이름의 마지막 철자의 자수를 거들어 끝내주셨다. 이후 내가 뭔가를 도중에 그만두면 가족들은 '유루훈 유리짱'이라 불렀다.

어른이 되어 그런 점은 좀 나아졌겠지 싶지만 역시나 장롱 속에는 뜨다 만 스웨터가 몇 벌이나 잠자고 있다.

앞서 언급한 후지타 씨며 많은 분들이 힘을 보태주었기에 이번에야말로 마지막 자수를 끝낼 수 있었다. 그 누구보다 오가와 미레 씨에게는 감사 말 정도로는 모자란다. 오랫동안 이노우에 히사시의 비서를 지내왔고 아직도 이노우에 사무실에서 일해주고 있다. 극작가로서 활약 중인 그녀에게는 이야기를 어떤 순서로 쓰는 편이 읽기 쉬울까 하는 큰 틀부터 접속사 조사에 이르는 작은 것까지 조언을 얻었다.

익숙지 않은 일에 매달려 있는 동안, 장을 보거나 저녁을 지어주는 등 삼시세끼를 맡아준 아들 사스케에게 우리 집 이야기를 쓴 이 책을 바친다.

마리! 이제 나 유루훈 아니지?

『프라하의 소녀시대』에 등장하는 세 절친 가운데 한 사람 아냐.
1996년 NHK〈내 마음의 세계 여행〉에서 재회했다.

야스나. 같은 프로그램에서 재회한 뒤,
마리는 전화나 메일로 연락을 했다.

리차. 2003년 펜클럽 회의에 참석했을 때,
마리는 독일에 사는 리차의 집을 방문했다.

나도 언니라고 불러보고 싶은 마리 님

그날의 기억은 선명하다. 마침 휴대폰을 손에 쥐고 있던 터라 전화를 바로 받을 수 있었다. 액정에 뜬 이름은 유리 님.

"한국 독자분이 야스나를 찾아갔었나 봐요. 지금 야스나에게 편지를 받았어요. 한국 독자들은 정말 대단해요."

대단한 독자가 이분뿐이랴. 유리 님이 책에서 언급하고 있듯이 '요네하라 마리 회고전'에 번역자로서 초청되어 발언할 기회에 『프라하의 소녀시대』를 들고 동유럽을 다녀와 책까지 낸 독자를 비롯하여, 여러 연령층에서 상당한 마니아층이 있다는 말씀을 드렸다. 무엇보다 생전에 지명도가 없던 작가가 사후에 소개되는 일은 극히 드문 일이라 일본인들은 놀라워했다. 물론 요네하라 마리 팬이라면 당연한 결과라고 수긍하겠지만.

『언니 마리』에서 밝히듯 유리 님은 미루고 미룬 원고를 독자들에게 등 떠밀리듯 언니를 회상하는 이 글을 써내려갔고, 나 또한 출판 일정이 잡히기까지 반년을 순간순간 마리 님을 떠올리며 지냈다. 이 책을 읽으며 그간 의문이었던 점이 풀려서 좋았고, 그래도 남는 궁금증에 대해서 그 실마리를 찾게 되면 즐거워하는 나날이었다. 그 정보를 바탕으로 이 자리를 빌려 몇 가지만 본문에서 시시콜콜 밝히지 못했을 법한 뒷이야기를 덧붙여보고자 한다.

마리 유리 두 자매는 아버지를 사랑했다. 그리고 엄청나게 존경한 듯하다. 아니 독자가 봐도 경외로운 인물이다. 우선 아버지를 이해해야 이 딸들을 이해할 수 있을 것 같다.

아버지 요네하라 이타루는 1909년에 돗토리 현의 유복한 집안의 둘째 아들로 태어난 정도로 소개되어 있다. 그런데 그저 유복한 정도가 아니었다. 요네하라 일가는 에도시대부터 내려오는 상인 집안으로 산림도 소유했다. 할아버지는 산림과 장사로 이룬 자본을 바탕으로 자본주의 부흥기에 돗토리 현을 비롯한 그 부근 지방의 산업을 일으키며 임업, 교통, 광업, 신문이나 방송사를 포함 여러 산업을 일으킨 콘체른의 총수로, 현에서 한 명뿐인 거액납세자에게 주어지는 귀족원의원까지 지내셨단다. 그런 집안의 수재 소리 듣는 둘째 아들을 (지금의) 도쿄대학에 유학 보내놨더니 사회주의 사상에 물들어 졸업을 코앞에 두고 퇴학당해 온다. 아버지는 밤새 울며 프랑스에 유학 보내줄 테니 공산주의 사상운동은 그만 하라고 설득했으나 아들은 완강하게 거부한다. 집안에 폐가 될 테니 호적을 파서 빈손으로 집을 나온다(그 후 몇 번이나 처자식 고생시키지 말라며 재산을 상속받았지만 홀랑 당에 기부해버리곤 단칸방에 살았고, 아마도 몇 번 더 재산 분여로 받게 된 목돈은 한 푼도 손대지 않고 고스란히 남아 있었다고 책에 나온다). 그 뒤 1945년 패전을 맞기까지 육영사 같은 학습 교실을 열어 연명하며 가명으로 16년간이나 지하운동을 했다. 부모님의 사랑은 육영사에서 만난 어머니가 대학을 졸업하고 지방에 선생님으로 부임해 가서도 편지 왕래만 이어가다가 1945년에 패전을 맞아서야 이루어진다.

여러 이유로 정식 공산당원 입당을 못한 채였던 이타루 씨는 패전 후 처음으로 공산당에 입당하여 바로 당을 대표하는 인물이 된다. 그 후 출신 지방으로 내려가 공산당 대표로 중의원 국회의원에 출마한다. 그 유명한 요네하라 댁의 둘째 도련님이라는 출신과 공산당을 대표하는 인물이니만큼 희한하게도 우파와 좌파 양쪽의 지지로 압도적인 표차를 내며 당선되었다 한다. 그 뒤로는 세 차례 연이어 낙선한다. 그 시기가 아마도 프라하 시대가 될 듯하다(프라하에 다녀와서는 또 두 차례 국회의원을 지낸다).

이타루 씨는 프라하에 있는 〈평화와 사회주의의 제 문제Problems of Peace and Socialism〉 편집부로 부임하게 된다. 이곳은 코민포름이 없어진 다음, 그래도 세계 각국 공산당은 각자의 흐름을 유지하되 교류는 계속하자는 취지로 공산주의의 이념과 실천을 연구하는 단체로 각국 공산당 대표가 모여 있었다.

부와 명예를 버리고 신념을 택한 아버지였던 만큼 두 딸을 소비에트 대사관 부속의 엘리트 학교에 보내는 것은 사실 어떤 갈등이 있었을 것 같다. 동네 학교에 보내고자 했다고. 그러나 훗날 우리가 작가 '요네하라 마리'를 얻게 되는 것은 이 학교의 교육 방식이 컸으리라. 유리는 어느 지면에서 이 소비에트 학교를 두고 '쇼윈도 학교'라는 표현을 썼다. 당시는 제2차 세계대전의 혼란에서 벗어나 미국과 소련 주도의 희망과 성장의 시대였다. 인류 첫 우주비행사 가가린이 이 학교를 찾아온 것도 세계 각국에서 온 공산당 간부들에게 소련 사회주의가 얼마나 훌륭한지를 보여주려 했기 때문이리라. 유리는 가가린과 악수도 했단다.

무엇보다 선생님부터 소련이 자신 있게 보내준 교사였다 한다. 저명한 예술가에 '인민'이라는 말을 붙이듯 우수한 교사를 입증하는 '인민교사'들이 부임해왔으니까. 이런 훌륭한 선생님들 아래서 탄탄하게 기초 학력을 다지게 된 것과 별개로 자매들이 재학 중에 소련 중심의 사회주의 내부 기류가 미묘하게 바뀌어간다. 중국이 대두하면서 미국과 소련만이 가지던 핵을 중국도 보유하려는 방향으로 흐르면서 소련 패권이 무너져가고 사회주의 진영이 분열되는 조짐이 보이던 시기였기 때문이다. 아직 어린 유리는 남자친구 때문에 집에 와 울었다고 했지만, 초등학교 상급생 정도만 되어도 세계 정치의 움직임에 민감했던 것이 전해진다. 아직 초등학생인데도 밥상머리에서 부모님과 학교에서 벌어질 정치적 논쟁(장난 싸움이 아니라)을 대비한 연습을 했단다. 혹자는 이들 자매가 현대사의 중요한 증인이라고까지 표현했지만 작품에서 예사롭게 나오는 등장인물만 봐도 놀랍다.

이런 교육과정과 문화경험을 하고 귀국한 두 자매는 프라하로 건너가서 적응할 때보다 더 힘들었고, 특히 아직 어렸던 유리보다 마리는 평생 일본 사회와 갈등을 안고 살아간 것 같다.

프라하에서 귀국했을 때, 아직 초등학교 6학년인 유리는 그나마 의무교육인 중학교에 올라가면 되었지만, 중학교 2학년도 다 끝나갈 때 돌아오게 된 마리는 그야말로 입시에 애를 먹으며 열등감조차 갖게 된 것 같다. 시험지를 받아든 마리가 너무나 기가 차서 비웃음거리 삼아 시험지를 번역해 프라하 친구에게 보내는 것으로 분통을 삭혀야 했다고 했다. 가마쿠라 막부가 몇 년에 생겼는지, 책은 읽지도 않고 작가와 작품을 연결 지어 외우기만 하는 것이 도대체 무슨 의미가 있는지 납득하지 못했고, 행위에 의미를 두지 못하니 당연히 고득점일 수 없었을 것이다. 차라리 왜 이런 현상이 되었을까 날카로운 의문을 가지고 그 현상의 원인과 결과를 뚫어보고 분석하는 논술 형식이었다면 수석을 했을 것이다.

유리는 그나마 중학교 3년간의 적응기가 주어져 난관 현립 고등학교에도 들어갔다. 본문에서는 고3인데 꼴찌라고 나왔지만 그래도 재수로 일본 굴지의 유명 국립대학인 홋카이도대학에 들어간 유리와 달리 마리는 또 한 번 시험이라는 관문에 봉착했다. 중2 말에 귀국해서는 고교 입시 준비시간이 모자랐을 것이다. 공립 고등학교 진학이 어려워지자 자유로운 교풍의 사립 고등학교를 찾아 들어갔지만, 자유와 방임은 다르다는 결론만 얻게 된 듯하다. 이런 교육으로는 대학 입시에도 영향을 받게 된다. 자신의 노력으로 얻은 능력이 아니라는 마음에 자존심이 상했지만, 삼수 끝에 더는 못하겠다며 원어민 수준의 러시아어 실력으로 고득점을 받을 수 있는 도쿄외국어대학교에 입학한다. 그래서인지 마리는 모든 점에서 동생 유리가 월등하다고 생각한 듯하다. 그 말을 남에게 들은 유리는 자신은 단지 암기력과 계산력이 있었을 뿐 저리도 발명품을 생각해내고 이야기를 짓는 능력이 뛰어난 마리가 훨씬 뛰어났다며 서로를 칭찬하고 있다. 작품에서 보듯 그 엄청난 '지知의 거인'이 이런 데서 좌절을 경험했다니…….

그런데 이렇게 남 보기에도 자매 사이가 좋았던 것은 드문 경험을 공유했고 서로의 능력을 인정했던 까닭도 있었던 것 같다. 이 책에서도 칭찬할 건 하지만 언니는 이야기를 재미있게 쓰느라 조금 과장하는 구석이 있다고 넌지시 이르는 유리의 쿨한 성격이 엿보인다. 더불어 마리는 단 한 번도 언니라고 불러주지 않았다고 푸념한 것처럼 유리는 태어나서부터 언니 동생 사이가 아니라 친구로 언니를 대한 것 같다. 홋카이도에 있는 동생에게 보내는 편지 말미에 쓴 시를 보면 무슨 연애편지 같다. 유리에게 많이 의지했던 마리의 모습이다. 사실 마리 특유의, 사랑하지만 어머니와 조금 껄끄러웠던 모녀관계며 여러 모로 완급 조절을 해주는 유리의 자리가 많이 허전했던 것 같다.

이제 문제는 그다음이다. 사상 때문에 농림성을 그만두어야 했던 외삼촌 정도는 아니지만 지금도 자유민주당, 사회당과 함께 당으로 인정받고 있는 공산당이 있다 한들 공산당 국회의원의 자녀를 보는 사회적 시선과, 소련을 적대국가로 보고 있는 일본에서 러시아어학과를 나와서는 취직자리란 마땅치 않을 것이다. 입에 풀칠하려고 어쩔 수 없이 시작한 통역 일이지만 일거리도 별로 없었으니 평생 이 일을 해야 하나 말아야 하나 마리는 30대 중반까지도 고민했다 한다. 대학원을 나와서 거의 10년이나 번민한 셈이다.

이렇게 하기 싫은 통역업을 마리는 처음엔 끌려가듯이, 하다 보니 재미가 생겨서, 그다음엔 적극적으로 달려들었나 보다. 유명한 작가 이노우에 히사시는 처형 마리에 대해 일본 문화사상 처음으로 통역론을 확립했고, 진실에 대해선 성실하게, 정의에 대해선 솔직하게, 힘 있는 것에는 신랄하게, 이에 더해 엄청 재미있는 작가라고 평했다.

히사시가 말했듯이 통역과 마찬가지로 뭔가 궁금하면 끝까지 파고드는 성격은 그의 작품에 그대로 녹아 있다. 마리의 대표작 『프라하의 소녀시대』도 실은 처음에는 각계 각층 유명인사가 만나고 싶은 사람, 가고 싶은 곳을 찾아가는 〈내 마음의 세계 여행〉이라는 NHK 텔레비전 프로그램에서 먼저 소개되었다(1996년 2월 3일 방영).

30여 년 만에 만난 아냐는 지금은 10퍼센트만 루마니아인이요 90퍼센트는 영국인이라며 좁은 민족주의가 세계를 불행하게 한다고 말한다. 언젠가는 하나의 문명권으로 대화할 수 있을 거라고도 했다. 야스나와 리차에게도 이 방송을 보여주자 아냐 발언에서 스위치를 꺼버렸단다. 아냐와 말하면 말할수록 멀어져만 가는 느낌이 든 마리처럼, 조국의 파란만장한 역사를 짊어지고 살아온 산 증인 야스나와 리차는 아냐에게 기만과 위선의 냄새를 맡았을 것이다. 그런데 정작 방송을 본 대부분의 일본인은 아냐의 말에 감동하고 납득했단다. 여기서 마리는 집필 의욕이 불타올랐나 보다. 일본인이 생각하는 글로벌과 마리가 생각하는 글로벌의 의미에 큰 차이가 있다고 느껴 그 글을 썼다고 훗날 밝혔다. 그 찜찜한 느낌을 풀기 위해 방송 이후 몇 번이나 오가며 세 친구들의 이야기를 취재한 끝에 『프라하의 소녀시대』가 탄생되었다. 이렇게 하나에 관심을 갖게 되면 끝까지 놓지 않는다고 말한 유리의 말이 끄덕여지는 부분이다.

마지막으로 책에 자주 등장하는 유리 님의 남편 이야기도 해 두자. 유리는 마리가 큐피드가 되어 중학교 교과서에도 등장할 정도로 엄청나게 유명한 이노우에 히사시(그러니 본문에 나오는 '일본의 셰익스피어'라는 표현을 과장으로 여기지 않았으면 한다)와

열아홉 살 나이 차로 결혼했다. 어머니가 먼저 팬이었으니 성공한 덕후였던 셈이다.

히사시는 일본어에 대한 조예가 학자 이상이라는 평가를 받았고 거의 반세기에 걸쳐 출중한 작품을 쏟아냈다. 특히 원자폭탄이 터진 뒤 죄책감을 가지고 살아가는 딸을 걱정하여 유령이 되어 나타난 아버지가 용기를 북돋워주는 내용의 『아버지와 산다면父と暮らせば』은 노벨상까지 점쳐지며 세계 6개국어로 번역되었고 마리도 러시아어 번역을 맡았다. 그는 나이 어린 처형과 장인을 존경한 듯하다.

히사시는 서울에서 열린 동아시아 문학 포럼에 초대되어, 「세 명의 지하활동가 루쉰, 김산, 요네하라 이타루」라는 제목으로 강연을 했다(2008년 9월 30일). 어디에도 장인이라는 말은 하지 않았고 대부분의 일본 사람조차 간과했을 것이다. 그는 이야기 대부분을 루쉰과 김산에 할애하고 분명하지 않은 장인어른의 지하운동 시절에 대한 것은 1분 정도로 이타루는 이런 활동을 했으리라며 짧게 소개했다.

당시 일본에는 조선에서 200만 명 이상, 중국으로부터는 50만 명 이상의 노동자들이 강제로 끌려와 일본 각지의 광산에서 노역을 하고 있었다. 한 예로 이와테 현의 가마이시 광산에서는 조선과 중국 탄광 노동자들이 누군가의 지도 아래 처우 개선을 위해 들고일어났다는 기록이 남아 있다. 이 '누군가'가 아마도 이타루와 같은 지하활동가가 아니었을까 했다. 이들은 인간을 국적으로 보지 않았고 괴로움이나 슬픔을 통해서 보았다며.

그런 활동을 했는지 아닌지는 확실하지 않지만 재벌 2세에 엘리트로 얼마든지 부귀영화를 누리고 살아갈 수 있을 조건을 다 내려두고 16년간이나 이름을 바꿔가며 지하운동을 한 아버지를 보고 컸으니, 마리는 톈안먼 사건 때 외국으로 망명해서 활동하는 중국 작가들을 만나자 힘들게 살고 있다며 푸념하는 그들에게 "그럼 중국의 인민은요?"라고 힐책할 수 있었을 것이다. 아무리 고생한다 한들 자신의 부친만 했으리요, 조국에 남아 있는 인민과 같이 해결해 나가야 하지 않겠느냐는 뜻이리라. 이렇게 누구 앞이든 어디서든 마리가 바른 소리를 해대는 통에 주위 사람들은 언제 폭탄이 터질까 조마조마했단다.

이노우에 히사시 또한 이타루와 비슷한 아버지를 둔 인물이었다. 지주 아들이라 또래의 아이들이 밭에서 일하는 것을 보면서 학교에 등교하는 것에 의문을 느껴 사회주의에 눈을 뜬 아버지를 둔 것이다. 히사시는 친한 노벨문학상 작가 오에 겐자부로 등과 함께 일본은 영원히 무력을 포기한다는 헌법9조를 지키는 모임(9조회)의 창단 멤버였다. 그러고 보니 서로 이끌리는 사람들은 영혼의 유전자에 어떤 자력이 있나 보다. 그리고 독자와 작가에게도.

이제 유리 님과 통화를 끝낼 때 들은 말을 전하며 마치련다.

"한국 독자들이 언니를 이렇게 많이 사랑해주셔서 정말 고마워요."

누군가 말했다. 인간은 두 번 죽는다고. 한 번은 그 육체가 생명을 끝냈을 때. 다른 한 번은 그를 기억해주는 누군가가 사라지게 될 때.

그러니까 요네하라 마리 님은 아직 살아 계신 겁니다.

2017년 교토에서

이현진